삼척

이준규
시집

문예
중앙
시선
009

삼척

이준규
시집

문예
중앙

ⓒ 허남준

하염없다.

차례

삼척 0

삼척은 삼척. 삼척은 삼척. 삼척은 삼척. 삼척은 삼척. 삼척은 삼척. 삼척은 삼척. 삼척은 삼척. 삼척은 삼척. 삼척은 삼척. 삼척은 삼척. 삼척은 삼척. 삼척은 삼척. 매미는 흔들리고. 삼척은 삼척. 너는 위에서 아래로 떨어지고. 삼척은 삼척. 케이크를 잘라. 삼척은 삼척. 왜 전화 안 받니. 삼척은 삼척. 잔을 들어라. 삼척은 삼척. 술이나 처. 삼척은 삼척. 방 있어요. 삼척은 삼척. 너무해. 삼척은 삼척. 난 네가 싫어. 삼척은 삼척. 칼바도스 한 병 부탁해. 삼척은 삼척. 럭키 스트라이크도. 삼척은 삼척. 제발. 삼척은 삼척. 한 번만. 삼척은 삼척. 그러지 말고 잠깐만. 삼척은 삼척. 아니야, 아니야. 삼척은 삼척. 그래, 그래. 삼척은 삼척. 죽이겠어. 삼척은 삼척. 전진. 삼척은 삼척. 흩어져라. 삼척은 삼척. 잊어라. 삼척은 삼척. 저것 좀 봐. 삼척은 삼척. 매미가 추락하는군. 삼척은 삼척. 저 비를 좀 봐. 삼척은 삼척. 바다에 가자. 삼척은 삼척. 돌아가고 싶지 않아. 삼척은 삼척. 너는 시를 쓰고 있니. 삼척은 삼척. 너는 시인이 되었구나. 삼척은 삼척. 삼척은 삼척. 삼척은 삼척. 풀무치 잡으러 가자. 삼척은 삼척. 삼

11

척은 삼척. 더덕 좀 캐봐. 삼척은 삼척. 삼척은 삼척. 칡즙이야. 삼척은 삼척. 삼척은 삼척. 올드 파 사와. 삼척은 삼척. 삼척은 삼척. 조니 워커도 좋고. 삼척은 삼척. 삼척은 삼척. 둑이 없어졌어. 삼척은 삼척. 삼척은 삼척. 긴장되니. 삼척은 삼척. 삼척은 삼척. 장하다. 삼척은 삼척. 삼척은 삼척. 욕봤다. 삼척은 삼척. 삼척은 삼척. 파스티스 마시러 가자. 삼척은 삼척. 삼척은 삼척. 한 잔 더 마시자. 삼척은 삼척. 이 길을 마셔버리자. 삼척은 삼척. 내가 길을 사줄게. 삼척은 삼척. 나는 걸어서 바다를 건너겠어. 삼척은 삼척. 매미가 운다. 삼척은 삼척. 가을이다. 삼척은 삼척. 삼척은 삼척. 삼척은 삼척. 삼척은 삼척. 삼척은 삼척. 삼척은 삼척. 삼척은 삼척. 삼척은 삼척. 삼척은 삼척. 삼척은삼척은삼척은삼척은삼척은삼척은삼척은삼척은삼척은삼척은삼척은……

이

이 꽃들, 이 총들, 이 분화구들, 이 입들, 이 고름들, 이 구멍들, 이 심연들, 이 공허들, 이 아우성들, 이 폐허들, 이 총들, 이 버짐들, 이 상처들, 이 외침들, 이 수다들, 이 침묵들, 이 욕망들, 이 머리들, 이 손짓들, 이 눈짓들, 이 몸짓들, 이 원망들, 이 저주들, 이 사랑들, 이 분노들, 이 움직임들, 이 좌절들, 이 소리들, 이 열매들, 이 눈들, 이 빗물들, 이 고드름들, 이 유혹들, 이 포옹들, 이 점들, 이 생명들, 이 성들, 이 집들, 이 누더기들, 이 죽음들, 이 무덤들, 이 폭죽들, 이 명사들, 이 형용사들, 이 동사들, 이 부사들, 이 감탄사들.

이것은

이것은 섬인가? 느낌표인가? 배들인가? 꽃잎인가? 항의인가? 어리석은 한 때의 어리석음인가? 추락한 추억인가? 구겨짐의 추상인가? 현상에 대한 방치인가? 울음인가? 웃음인가? 저녁인가? 눈 내리는 간이역인가? 삶은 계란인가? 칼국수인가? 가락국수인가? 숨결인가? 대륙인가? 결집한 군중인가? 해산하는 군상인가? 총동원인가? 뼈인가? 납골당인가? 무덤인가? 화환인가? 그림자인가? 너인가? 나인가? 우리인가? 섬인가? 움직이는 섬인가? 정지한 섬인가? 발기한 그것인가? 아니면 마루 위에 구겨진 종이의 더미인가.

그것은

  그것은 그것에 업혀 있다. 그것은 그것을 물고 있다.
그것은 그것을 자르고 있다. 그것은 그것을 핥고 있다.
그것은 그것에 깔려 있다. 그것은 그것을 밟고 있다. 그
것은 그것을 비웃고 있다. 그것은 그것을 꼬집고 있다.
그것은 그것을 둥글게 하고 있다. 그것은 그것을 깎고 있
다. 그것은 그것을 씹고 있다. 그것은 그것을 빨고 있다.
그것은 그것을 비틀고 있다. 그것은 그것을 박고 있다.
그것은 그것을 찌르고 있다. 그것은 그것을 그것으로 하
고 있다. 너는 웃으며 떠나고, 너는 울며 앉았다. 유연한
아이처럼.

동그라미

그것은 둥글다. 그것은 그것을 보는 것 같지만 보지 않는다. 과연 그러한가. 그것은 그것을 보지 않는 것 같지만 그것을 본다. 과연 그러한가. 그것은 풍선처럼 웃는다. 언제나 다른 비유를 사용할 수 있다. 적절한 비유는 없다. 그것은 거품처럼 웃고 그것은 막 켜진 성냥처럼 웃는다. 그러니까 그것은 불타오른다라는 말의 인용으로서의 조어인 웃어오른다라고 할 수도 있다. 그것은 웃어오른다. 그것은 문득 사라진다. 나는 그것을 깔끔하게 잊는다. 나는 그것 앞에 있었다. 머저리로서. 그것은 둥글고 조금 길다. 아니 짧다. 아니 갸름하다. 아니 일그러지는 태양이다. 아니 녹아버린 치즈다. 그것은 둥글다. 그것은 동그라미가 아니다. 그것은 둥글다.

무엇이

무엇이 보이는가. 앞을 보면. 십자가. 고양이. 너의 우스꽝스러운 얼굴. 너의 화난 얼굴. 너의 위협적인 얼굴. 너의 개구쟁이 얼굴. 너의 토라진 얼굴. 너의 새침한 얼굴. 다시, 얼굴. 얼굴. 얼굴. 얼굴이라는 단어가 갖는 어감만큼의 얼굴들. 그 사이의 집. 아마도 무덤. 아마도 물고기. 죽은 자들의 도시. 산 자들의 폐허. 나무가 된 얼굴들. 추억이 된 색채. 문득 한구석을 보면, 거기엔 세상의 진실처럼 어두운 네 얼굴. 다시, 얼굴. 얼굴. 얼굴들. 가늘다, 라고 느껴지는, 동그랗지만 결국 가는, 가늘고 텅 빈 회오리 같은 것. 얼굴. 그래, 우박.

무언가

　무언가 토한 것이 잘 모여 있다. 하수구, 도랑, 수챗구멍, 배수구. 비가 내려도 지워지지 않을 얼룩. 얼룩의 무지개. 지나가는 것들이 있고 응결한 것들이 있다. 내가 그것을 밟으면 그것은 조금 다른 형태를 가질 것이다. 물이 흐른다. 물이 흐르다 곧 막힌다. 우주에 더해지는 우주. 무언가 우주적인 것. 우주의 직전 같은 것. 이것은 먹을 수 없는 파전인가. 파탄인가. 똥인가. 토사인가. 여기에도 눈이 있다. 조가비 같은 것. 조금 긴 성기 같은 것. 그리워지는 것. 지우고 싶은 것. 영원한 처음 같은 것.

눈

눈이 있다. 눈은 여럿이다. 눈이 있고 몸이 있고 색이 있다. 눈이 전부다. 그래서 숲이 있다. 숲의 빈자리. 그 자리로 들어오는 빛. 내가 숲길을 가면, 숲은 깊어질 것이다. 초록으로. 보라로. 하늘빛으로. 파랑으로. 또 다른 푸름으로. 모든 것이 사라져가듯. 내가 사라지면, 너를 찾던 내가 사라지면, 너는 그 자리에 남아 두리번거릴 것인가. 울면서. 불면서. 네가 나를 안고 내가 너의 목에 입 맞추고 이슬에 젖고 숲이 베이고, 했을 때, 그때, 숲이 흘리고, 흐르고. 그럴 것인가. 시간 없이도, 끝내.

여기

여기는 꽃밭이다. 잘린 머리로 이루어진 화사한 정원. 경계가 없는, 경계가 없어 우주적인, 우주 같은, 영원히 확산하는 정원. 내가 누울 수 있고 네가 달릴 수 있는 우리가 사랑할 수 있는 우리가 노래하고 뒹굴고 먹고 마시고 웃고 떠들고 응시할 수 있는 정원. 머리가 잘려 붉고 푸르고 노랗고 어지러운 꽃밭. 그것이 없어서 그래서 슬퍼서 그래서 정직하고 차분하고 아름다운 우리만의 꽃밭. 네게 송두리째 주고 싶은 언덕이 있고 개울이 있고 온갖 부드러운 동물이 사는 곳. 머리가 잘린, 눈은 커진, 떠도는 꽃밭. 응고된 눈물 같은. 피 같은. 너무 정직한 꽃의 나라. 영원히 넘치는.

너와 나

너는 언제나 다시 나타난다. 너는 누구냐. 너는 웃느냐. 너는 우느냐. 너는 누구냐. 너는 일그러지고. 너는 파랗고. 너는 일그러지고. 너는 파랗다. 너는 웃고. 너는 검고. 너는 웃고. 너는 노랗다. 너는 누구냐. 너는 당황하고. 너는 푸르다. 나는 어리둥절하다. 너는 빨갛고. 너는 어처구니없다. 나는 색이 섞인 무엇이 되고. 너는 이제 어이가 없다. 너와 나는 미쳐가고. 너와 나는 영문을 모르겠다. 하지만 너는 언제나 영원처럼 다시 나타난다. 날처럼. 달처럼. 밤처럼. 여름처럼. 겨울처럼. 봄처럼. 그리고 너처럼. 너와 나는 어둠 속으로 사라진다.

이 비

이 비는 좋다. 이 비는 지금 빗살무늬다. 이 비는 좋다. 이 비는 너를 향하고 있다. 이 비는 지금 좋다. 이 비는 좋다. 이 비는 지금 너를 향해 내리고 있다. 이 비는 좋다. 이 비는 탄천에 내린다. 이 비는 좋다. 이 비는 다리를 꼬고 있다. 이 비는 좋다. 이 비는 순록이다. 이 비는 좋다. 이 비는 겨울이다. 이 비는 좋다. 이 비는 너를 위해 세운다. 이 비는 좋다. 이 비는 지금 중랑천을 때린다. 이 비는 좋다. 이 비는 관사를 버리고. 이 비는 좋다. 이 비는 허기를 향한다. 이 비는 좋다. 이 비는 향기인가. 이 비는 좋다. 이 비는 지금 울고 있는가. 이 비는 좋다. 이 비는 그치지 않는다. 이 비는 좋다. 이 비는 너를 향한다. 이 비는 좋다. 이 비는 좋다. 이 비는 너를 향했을 뿐이다. 이 비는 좋다. 이 비는 좋다.

그곳에는

—허남준에게

그곳에는 하얀 벽이 있고 검은 타일 바닥이 있다. 책상이 하나 있고 등받이가 없고 다리가 네 개인 의자가 하나 있고 기타가 하나 있고 다른 의자가 하나 있고 종이 상자가 하나 있고 가방이 두 개 있다. 종이 상자 안에는 잡동사니가 들어 있을 것 같은데 이쪽에서는 보이지 않는다. 옷이라고 생각되는 검은 것이 조금 밖으로 나와 있다. 책상 위에는 물통, 종이, 여닫을 수 있는 나무 상자가 있다. 나무 상자 안에는 담배(내가 피우는 담배와 같은 담배)와 무엇인지 확인할 수 없는 것들이 있다. 물통 뒤에는 스피커가 있다. 벽. 벽에는 그림이 세 개 있다. 그림의 아래에는 하얀 종이 위에 프린트한 글자가 있다. 아니 글자가 프린트된 하얀 종이가 있다. 나는 세 그림에 산이라는 제목을 붙여본다. 화가는 어떤 제목을 붙였을까. 무수한 산. 영원할 것 같은 산. 정지 자체로 무궁한 산, 산, 산. 산이 깊다. 나는 순간, 황홀해진다. 옆에 문이 나 있다는 것을 몰랐다. 저 문으로 나도 드나들었을 것이다. 그곳에는 하얀 벽이 있고 검은 타일 바닥이 있다. 화가는 자리를 비웠다.

겨울

　겨울이다. 혼신을 다한 겨울이다. 모든 허기를 동원한
겨울이다. 겨울이다. 겨울. 직박구리가 운다. 낙엽은 썩
는다. 그는 어떤 겨울에 있다. 그는 어떤 겨울의 책상 앞
에 앉아 있다. 그는 어떤 겨울의 책상 앞에 앉아 책의 겉
을 본다. 그는 어떤 겨울의 책상 앞에 앉아 어떤 책의 겉
을 보며 생각한다. 그의 생각은 겨울과 함께 차단된다.
그는 아무것도 연상하지 않는다. 겨울이다. 혼신을 다한
겨울이다. 모든 허기를 동원한 겨울이다. 겨울이다. 겨
울. 겨울의 방. 겨울의 실내. 겨울의 집. 겨울의 집의 실
내의 방. 겨울의 집의 실내의 방의 사람. 그. 겨울의 집의
실내의 방의 그는 잠자리에서 일어난다. 일어나 서성거
린다. 그는 부엌으로 갈 것이다. 그는 부엌으로 가서 전
기 주전자에 물을 따르고 버튼을 눌러 물의 온도를 상승
시킬 것이다. 물이 끓으면 잠시 뜸을 들이다가 커피를 담
은 잔에 물을 붓고 그 잔과 담배를 가지고 비상 층계참으
로 나갈 것이다. 겨울. 추위. 비상 층계참에는 화분이 있
고 화분에서는 저절로 자라는 까마중이 있다. 까마중은
얼고 시들었다. 그는 콘크리트 난간 위에 잔을 올려놓고

담배를 피운다. 담배를 피우며 세상을 바라본다. 귀신과 참새의 무게는 같다, 라고 그는 중얼거린다. 그는 현기증을 느끼며 계단을 내려간다. 귀신과 남천의 무게는 같다. 귀신과 딱새의 무게는 같다. 귀신과 테니스공의 무게는 같다. 귀신의 무게는 모든 것의 무게와 같다. 그는 빵가게의 진열창을 현기증 속에서 본다. 귀신과 에그 타르트의 무게도 같다. 겨울이다. 그는 집에 있다. 그는 밖으로 나가지 않았다. 그는 차단된 겨울의 실내에 앉아 있다. 그는 세상을 바라본다. 노란 은행잎이 거의 다 떨어진 은행나무가 있고 그 은행나무 아래에는 밤색 가죽 재킷을 입은 머리가 짧은 여자가 팔짱을 끼고 한 손에는 휴대전화를 한 손에는 담배를 들고 서 있다. 그 여자의 뒤통수 쪽으로 열한 시 방향에는 음식점 그릇이 담긴 것 같은 하얀 색 불투명한 비닐이 도로의 가장자리에 놓여 있다. 그 그릇 바로 뒤에는 잘린 능수버들의 그루터기가 있고 그 옆에는 다른 계절에 잘린 가죽나무의 그루터기가 있다. 그 여자의 정면 쪽으로 역시 열한 시 방향에는 교복을 입은 여고생 세 명이 역시 담배를 피우며 떠들고 있다. 대

화 내용은 들리지 않는다. 그 여자의 뒤통수 쪽으로 난
도로 위로 차들이 간헐적으로 지나가고 산책로로 진입하
거나 나오는 사람들이 역시 가끔 지나간다. 하늘은 하얗
고 바람은 적당하다. 새들은 보이지 않고 까마중은 까만
열매를 달고 얼어 누워 있다. 눈이 내린다. 눈은 내리지
않는다. 눈이 내리지 않는다. 눈이 온다. 눈 위의 강아지.
눈 내리는 날의 개 고양이 닭 염소 거위 오리 돼지 소. 겨
울이다. 혼신을 다한 겨울이다. 모든 허기를 동원한 겨울
이다. 겨울이다. 겨울. 그는 상상하지 않는다. 그는 생각
하지 않는다. 쓰레기차가 지나갔다. 겨울의 쓰레기차가
지나갔다. 유일한 겨울. 그는 유일한 겨울 속에 있다. 이
미 겨울이고 벌써 겨울이고 이미 봄이다. 겨울이다. 겨울
에 내린 눈. 겨울에 내린 비. 겨울. 그는 아무것도 생각할
수 없다. 그는 겨울에 밖을 본다. 그는 겨울에 밖으로 나
간다. 공원이 있다. 산책로가 있다. 산이 있고 강이 있고
들판이 있고 건물이 있다. 겨울이다. 겨울이고 겨울이다.
다시 눈이 온다. 오는 것은 눈이다. 하나 둘 셋. 눈이 온
다. 눈이 내린다. 눈이 내려 바닥에 쌓인다. 눈이 녹는다.

벌써. 그는 신을 신고 밖으로 나간다. 눈은 얼었다 녹고 다시 언다. 그는 미끄러지지 않으려 조심한다. 그러나 그는 미끄러진다. 한 번. 두 번. 세 번. 그는 미끄러졌다 일어나 서울역 쪽으로 간다. 서울역의 옛 건물을 바라보고 염천교 쪽으로 간다. 얼마 남지 않은 구두 가게들의 간판을 구경한다. 염리동은 어디인가. 종로학원. 김정호의 집. 대동여지도가 가리키는 곳으로 가자. 수선전도가 가리키는 곳을 모두 걷자. 약현성당. 약현성당의 성모상. 약현성당의 성모는 예쁘다. 하얗고 예쁘다. 약현성당. 중림동. 이승훈. 고딕. 로마네스크. 약현. 중림. 약현에서 아현까지. 겨울. 눈이 내려 얼고 녹다. 서울역에는 아무것도 없다. 염천교에는 아무것도 없다. 대동여지도에는 아무것도 없다. 수선전도에는 아무것도 없다. 약현성당에는 아무것도 없다. 벽돌색. 벽돌색. 벽돌색. 벽돌색. 중림동에서 서대문에서 아현동에서 신촌으로. 신촌에서 눈온다. 신촌에 내리는 눈. 수색에 내리는 눈. 파주에 내리는 눈. 개성에 내리는 눈. 강서에 내리는 눈. 압록강에 내리는 눈. 압록강의 하구. 압록강의 하구에 내리는 눈. 위화도에 내리는 눈. 회군하는 병정들의 어깨에 내리는 눈. 눈이 내린다. 눈이 내려 너의 눈꺼풀을 적신다. 차갑게. 뜨겁게. 눈이 내린다. 눈은 오지 않는다. 겨울. 너의 눈은 송어다, 라는 문장을 읽다. 겨울이다. 혼신을 다한 겨울이다. 다른 배열을 필요로 하는 겨울이다. 겨울엔, 필요 없는 문장을 태우고 겨울의 길로 걸어가야 한다. 헐벗고 죽은 문장으로 가야 한다. 겨울이다. 어지럽게 얼어붙은 겨울이다. 새가 날면, 가지는 흔들린다. 새가 날아와 앉아도 가지는 흔들린다. 그때는, 가지 위의 새는 줄 위의 광대 같다. 겨울의 줄 위의 광대라는 이미지. 집중된 이미지가 필요했다. 그에게. 그는 다시 계단을 오른다. 귀신의 손을 잡고. 귀신의 손은 없지만. 참새의 입술에 입 맞추듯. 귀신의 손을 잡고. 도시락 가방은 다른 손에 들고. 휘파람을 불며. 나들이 가듯. 귀신의 손을 잡고. 잠자리채는 없지만. 귀신의 손을 잡고. 꽃이 만발한 들판으로. 귀신의 손을 잡고. 잡은 손을 바꿔가며. 무게 없는 손을 느끼며. 노래하며 뛰며. 겨울에. 그는 담배를 한 대 피우고 책상 앞에 앉는다. 겨울이다. 겨울일 뿐이다.

결코

나는 번역하고 싶지 않다, 나를, 나와 관련된 모든 것들을, 등을 돌린 모든 것을, 잔을, 하얀 빛을, 가을의 귀뚜라미 소리를, 한숨을, 나, 너, 그, 그리고 우리, 나는 번역하고 싶지 않다, 경적 소리를, 세가락메추라기를, 갈비뼈를, 불안을, 늑대들을, 개들을, 나팔꽃을, 봉숭아를, 물소리를, 그 경치를, 나는 번역하고 싶지 않다, 세상의 모든 단어를, 너의 사랑을, 나의 사랑을, 너의 추론을, 나의 추리를, 나는 번역하고 싶지 않다, 그 세련됨을, 그 투박함을, 그 건축을, 그 정교함을, 그 몸짓을, 나는 번역하고 싶지 않다, 그 우화를, 그 비극을, 그 서체를, 그 무덤을, 나는 번역하고 싶지 않다, 우리들의 눈물을, 나의 눈물을, 그 똥을, 그 구토를, 나는 번역하고 싶지 않다, 그 의성어들을, 그 의태어들을, 나는 번역하고 싶지 않다, 그 양치질을, 그 이발소를, 그 지시대명사를, 나는 번역하고 싶지 않다, 역사를, 전설을, 신화를, 나는 번역하고 싶지 않다, 세상의 모든 사전의 어휘들을, 나는 번역하고 싶지 않다, 누치가 물 위로 솟아 수면으로 떨어지는 소리를, 나는 번역하고 싶지 않다, 방금 본 고양이의 그 선명한 색을, 나는 번역하고 싶지 않다. 어떤 불상들을. 나는 번역하고 싶지 않다. 처마에 매달린 옥수수. 나는 번역하고 싶지 않다. 모든 품사와 정치. 나는 번역하고 싶지 않다. 안타까움. 나는 번역하고 싶지 않다. 어떤 품사 옆에 붙은 조사. 나는 번역하고 싶지 않다. 지금 탈 것 하나가 저기에서 저기로 이동한다. 나는 번역하고 싶지 않다. 모든 아픔들. 나는 번역하고 싶지 않다. 접시에 담긴 스시. 나는 번역하고 싶지 않다. 침묵. 나는 번역하고 싶지 않다. 내가 생각한 파노라마의 분수. 나는 번역하고 싶지 않다. 그것의 단편들, 뒷골목. 나는 번역하고 싶지 않다. 고양이 한 마리가 쓰레기봉투를 파헤치고 있다. 나는 번역하고 싶지 않다. 지하 주차장. 나는 번역하고 싶지 않다. 내리는 눈. 나는 번역하고 싶지 않다. 촛불을 켜고 시를 쓰는 눈 내리는 밤. 나는 번역하고 싶지 않다. 자포자기의 탈영병. 나는 번역하고 싶지 않다. 척후전의 비애. 나는 번역하고 싶지 않다. 모르는 말들. 나는 번역하고 싶지 않다. 우애와 혐오. 나는 번역하고 싶지 않다. 너는 나를 언제 본 일이 있는가. 나는 번역하고 싶지 않다. 너의 넥타이. 나는 번역하고 싶지 않다, 결락의 단어들, 나는 번역하고 싶지 않다, 세상에서 가장 쉬운 일, 나는 번역하고 싶지 않다, 그가 걸어본 모든 언덕들, 나는 번역하고 싶지 않다, 왕의 실내화, 나는 번역하고 싶지 않다, 엘리베이터, 나는 번역하고 싶지 않다, 커피는 식고, 나는 번역하고 싶지 않다, 선착장, 나는 번역하고 싶지 않다, 방파제 끝의 등대, 나는 번역하고 싶지 않다, 네가 나에게 다가온다, 나는 번역하고 싶지 않다, 쇠공의 움직임, 나는 번역하고 싶지 않다, 어느 날 그가 의자에서 일어나 비틀거리며 소파로 전진한다, 나는 번역하고 싶지 않다, 그 많은 평상들, 나는 번역하고 싶지 않다, 계곡을 흐르는 피, 나는 번역하고 싶지 않다, 쉼표들, 나는 번역하고 싶지 않다, 바퀴는 구른다, 나는 번역하고 싶지 않다, 의미 있는 문장들, 나는 번역하고 싶지 않다, 키스, 나는 번역하고 싶지 않다, 교부들의 행진곡, 나는 번역하고 싶지 않다, 백두산에 피는 꽃, 나는 번역하고 싶지 않다, 동학사를 지나 갑사로 가는 길, 나는 번역하고 싶지 않다, 너, 나는 번역하고 싶지 않다, 다시 나, 나는 번역하고 싶지 않다, 우리가 깬 술잔들,

나는 번역하고 싶지 않다. 썩은 포도, 나는 번역하고 싶지 않다. 너의 눈빛, 나는 번역하고 싶지 않다. 너의 찬란, 나는 번역하고 싶지 않다. 우리의 질서, 나는 번역하고 싶지 않다. 시멘트, 나는 번역하고 싶지 않다. 물고기의 자살, 나는 번역하고 싶지 않다. 바람보다 빨리 눕는 풀, 나는 번역하고 싶지 않다. 앨리스는 어디에, 나는 번역하고 싶지 않다. 산길, 나는 번역하고 싶지 않다. 당신의 녹슨 아령, 나는 번역하고 싶지 않다. 나의 망각을, 너의 집착을, 너의 망각을, 나의 집착을, 우리의 사랑을, 우리의 잔인을, 너의 호의를, 너의 잠을, 너의 꿈을, 너의 헐떡임을, 너의 사랑을, 다시는. 결코.

강으로

해 뜨는 걸 보았다. 붉다가 눈부시다 뜬다. 층계참에서 대각 방향으로 한강이 보이는데, 겨울에만 볼 수 있다. 봄과 여름과 가을에는 무성한 나뭇잎 때문에 보이지 않는다. 내가 서서 담배를 피우는 비상 계단참은 강변의 도로보다 조금 높을 뿐이다. 내가 사는 곳은 강과 가깝다. 집을 나서서 돌아나가면 주차 공간이 있고(동쪽으로 돌았을 경우, 서쪽으로 돌 수도 있지만 낮은 돌담과 쇠담이 있다. 서쪽에도 조금 작은 크기의 주차 공간이 있고 남서쪽으로 놀이터가 있다. 그 놀이터에 붙어 안 쓰이는 배구장이 있고 그곳에서는 봄, 여름, 가을에 여러 종의 풀이 자란다. 언젠가는 누가 그 마당가에 부목을 세우고 토마토를 심은 일이 있다. 내가 '토마토가 익어가는 계절'이라는 시를 쓰게 된 것은 그 토마토 때문이다) 보통 차들이 있고 쇠담((직사각형의 구멍이 뚫린, 아니 구멍이 뚫렸다기보다는 격자무늬의, 아니 격자무늬라기보다는 그냥 보통의 얇은 각쇠로 만든(각목이라는 말이 있으니 각쇠라는 말을 안 쓸 이유는 없지) 낮은 담, 이라기보다는 울, 울타리의 줄인 말인 울. 쇠담은 쇠울로 바꾼다))이

33

있고 그 쇠울에 붙어 플라타너스와 은행나무가 간격을 두고 있다. 어떤 나무에는 나무를 보호하기 위해 자동차의 앞을 나무 쪽으로 해서 세워두라는 뜻이 담긴 나무판이 매달려 있다. 쇠울의 끝에는 아파트의 외곽 초소가 있고 쇠울을 절개해 만든 문이 나 있다. 그 문은 그 초소에 앉아 있는 경비의 솜씨다. 산책로를 향하는 사람들이 전에는 쇠울을 넘거나 차도의 가장자리로 걸어야 했다. 사고를 목격한 적은 없지만 늘 위험한 곳이라고 생각했다. 나는 비상 층계참으로 나가 다시 담배를 피운다. 그 문을 나서면(그 문에는 빗장까지 있다. 빗장이 잠긴 것을 보지는 못했다. 그 문은 바람에 흔들리는데, 바람이 세면 열리면서 경비실 벽에 닿기도 하고 닫히면서 쇠울에 닿기도 한다. 그러면 경쾌하거나 두렵거나 쓸쓸한 소리가 난다) 바로 보도가 있고 보도를 지나면 찻길이, 찻길을 지나면 다시 보도가, 보도를 지나면 산책로가 있다. 쇠울에 접한 보도 가에는 보통 노란색을 칠한 승합차들이 세워져 있는데, 영어학원의 차들이다. 이 차들의 운전자들은 날이 좋으면 자리를 깔고 배달된 음식을 먹기도 하고 막걸리를 마시기도 하며 화투도 치고 동전 던지기도 한다. 가까운 곳에 화장실이 없으므로(가장 근거리의 변소는 산책로를 따라 동쪽으로 1킬로 정도에 있는 것과 대로 방향, 그러니까 남쪽으로 300미터 정도에 있는 것이다) 소변은 각자 해결한다. 어떤 사람은 승합차 안에 요강 대용의 용기를 두고 소변을 보는 것 같고 어떤 자는 산책로나 아파트의 벽에 방뇨한다. 그렇다고 누가 신고를 하는 것 같지는 않다. 나는 그들이 오줌 누는 모습을 몇 번 본 적이 있다. 그들은 막일꾼 같아 보이기도 하고 형사처럼 보이기도 하며 조금은 건달 같기도 한데 무엇보다 학원 승합차 운전자 같다. 나는 그들이 나름대로 멋있다고 느낀다. 가끔 그들은 한꺼번에 어디론가 걸어가는데, 아마 식당으로 가는 것 같다. 그럴 때는 무슨 큰일을 하러 가는 것 같기도 하고 경륜장을 빠져나오는 사람 같기도 하며 매장을 끝낸 사람들이 산에서 내려오고 있는 모습 같기도 하다. 그들은 그럴 때 활기에 넘쳐 보이는데, 내 착각일 수도 있다. 아마 그럴 것이다. 그들이 시간을 보내는 보도를 지나면 횡단보도가 있는데, 그 횡단보도는 무용하다. 왜냐하면, 그곳으로는 차들이 지나다니지 않기 때문이다. 그 도로의 한쪽은 막혀 있고 주로 주차장이나 아이들, 중년 여성의 롤러블레이드나 자전거 연습장으로 쓰인다. 가끔은 아이들 운동 과외가 있다. 운동 과외를 구경한 적이 있는데, 어린 체대 출신의 건장한 교사(하지만 어딘가 한풀 꺾인 듯한)가 부드럽고 명랑한 목소리로 아이들에게 축구, 줄넘기, 롤러블레이드, 자전거, 롤러블레이드하키(이 스포츠의 정확한 명칭은 모른다) 등을 가르치고 있고 아이들의 엄마들은 보도에 자리를 깔고 담소를 나누거나 무언가를 먹거나 아이들을 구경하거나 교사를 구경한다. 아이들의 엄마들은 나보다 꽤 어리다. 그것은 낮의 일이고, 밤에는 주차 공간이 된다. 운전자들과 아이들이 겹치는데 그것은 이상한일이 아니다. 내가 무언가를 빠뜨렸기 때문인데, 아이들이 운동을 배우는 곳은 운전자들이 시간을 보내는 곳에서 서쪽으로 100미터 정도 떨어진 유사한 공간이다. 그러니까 그곳, 아이들이 운동을 배우는 곳은 쇠울이 있고 초소가 있고 철문이 있고 철문을 나서면 바로 횡단보도가 있는 곳과는 사실 정확하게 일치하지는 않는다. 하지만 아주 비슷하기 때문에 나도 모르게 한공간인 것처럼 진술했다. 아니, 나도 모르게라는 말은 거짓말이다. 쓰다 보니 그렇게 되었다. 게으름 때문이다. 그런데, 어떤 분위기 때문에 엄마들이 그 장소를 피하는 것이지 운동을 할 수 없는 것은 아니다. 왜냐하면 운전자들은 단지 보도를 차지하고 있을 뿐이기 때문이다. 그렇지도 않은 것이 양쪽의 보도 중에 한쪽의 보도만이 낮에 볕이 나오니 엄마들과 운전자들이 함께 있는 것은 편하지 않을 것이다. 그렇지도 않은 것이,(나는 하나의 문장을 끝내기 위해 거짓말을 반복하고 있다) 운전자들이 있는 곳에 있는 도로에는 가끔 차들이 주차하기 위해 들어오는 일이 있거나 차들이 세워져 있으므로, 아이들이 운동하기에 위험한 곳은 아니지만 불편하다. 반면, 아이들이 운동하는 곳에는 차단 철구조물(노랗고 검은 페인트를 칠한 쇠기둥을 말한다. 짧은 다리가 있는. 차량의 진입을 막는)이 있어 편하다. 그렇게 그 횡단보도는 무용하고 그렇기에 지방 자치제는 폐지되거나 혁신되어야 하며 횡단보도를 건너면 보도가 있고 보도를 지나기 직전에는, 그러니까 산책로에 들어가기 직전에는 다시 플라타너스와 사시나무와 은행나무가 있고 그 나무들 아래로는 울타리로 심어둔 사철나무가 있고 그 사철나무 사이의 통로를 지나가면 산책로이다. 산책로에는 비교적 다양한 식물들이 인위적으로나 자연적으로 있다(이 식물들을 나열하려면 식물도감이 필요한데, 모두 나열하려면 전문가가 필요하다). 동물들도 있는데, 사람이 데리고 오는 개들을 제외하면 모두 야생의 상태로 있는 것들이다. 지렁이, 달팽이, 민달팽이, 매미, 개미, 잠자리, 모기, 파리, 벌, 매우 작은 날벌레, 쥐며느리, 무당벌레, 메뚜기, 나비, 비둘기, 직박구리, 들고양이, 참새, 박새, 까치, 곤줄박이, 까마귀, 들개, 어치, 황조롱이, 개구리새매, 갈매기, 딱새, 쥐, 족제비 등이 있는데 어떤 것은 항상 있고 어떤 것은 가끔 있다. 한번은 앵무새가 있었던 적도 있다. 족제비도 어떤 사람이 키우던 것이 분명하다. 이곳은 족제비가 살 수 없고 족제비가 사는 곳과 어떤 이동로를 접하고 있지 않다. 청계산이나 대모산이나 우면산의 족제비가 이곳까지 오는 것은 불가능하다. 만약 그것이 가능한 족제비가 있다면 그 족제비는 유니크한 족제비다. 산책로의 바닥은 흙으로 되어 있다. 표면은 그런데, 흙 아래로는 뭐가 있는지 모르겠다. 산책로를 지나면(나는 강으로 가고 있는 셈이다) 흙으로 된 비탈이 있는데, 그 비탈에도 많은 식물들이 있고 많은 동물들이 있다가 없고 없다가 있다. 그 비탈은 그 자체로 둑이 되며 그 둑의 위로 오르면 아래로 강변도로가 보인다. 88올림픽도로다. 차들은 질주하거나 정체되어 있다. 강이 있다. 내가 비상 계단참에서 겨울에 바라볼 수 있는, 강이 있다. 한강이다. 강을 건너면 서울숲이고 성수동이고 서울숲을 지나 동북 방향으로 중랑천을 따라 올라가면 살곶이다리가 나오고 서북 방향으로 가면 옥수동과 금호동을 지나게 되고 그러면 바로 남산이다. 남산에는 많은 것이 있다. 이제 봄이 오고 나는 더 이상 비상 층계참에서 강을 볼 수 없다. 나는 강을 보러 강가로 나갈 것이다. 해가 떴다. 이 자리에서 해는 보이지 않는다.

아무

 그것은 아무 데나 놓이고, 아무 데나 있고, 또 아무 데나 놓이고, 그것은 아무 데나 놓고, 아무 데나 가고, 아무데나 쓰고, 아무 데나 싸고, 싸고도는 강, 싸고도는 꼬리, 싸고도는 꼬리는 그것, 꼬락서니, 그것은 아무 데나 신경질적으로 놓이고, 놓기, 놓고 끄기, 놓고 뜨기, 허리를 편아무것, 아무 데, 아무 데나, 그것은 아무 데나 놓여 나를화나게 하고 그것은 원래 있던 곳에 있지 않고 늘 위치를바꾸며, 생략하고 비약하고 굴러간다. 그것은 아무 데나가는데, 어디까지 가는지 모르고, 눈짓 한 번, 눈짓 두번, 눈짓 세 번으로 이루어지는 세계다. 그것은 어지럽고, 그것은 물속으로 뛰어드는 큰 개이며, 큰 개가 큰 게를 물고 가는 꼴이며, 꼴이 아니라 짓이고, 짓이니까 꼴이다. 그것은 아무 데나 놓으며 고개를 돌리고, 두리번거리고, 아무 데나 놓인다, 그것은 아무 데나 놓여 흐르고오르고 내리고 찢고 찢기고 달아난다. 그것이 아무 데나놓이며 도대체 생각을 할까, 감정적으로, 감상적으로, 그것이 아무 데나 놓이며 당신을 위협하는데, 필사적으로싸우는 어떤 바보처럼, 그것은 아무 데나 놓여 절규하는

데, 흐린 날, 너는 포충망을 배에 싣고 애인과 함께 곤충 채집하러 떠난다, 누군가를 아무렇지 않게 죽이고 떠날 수 있으면 더 좋다, 아무 데로나 아무렇지 않게.

그 사람

그 사람은 그 사람이다. 그 사람은 어떤 술어도 찾지 않는다. 그 사람은 그 사람이 아니다. 그 사람은 그 사람의 신발이다. 그 사람은 그 사람의 하늘이다. 그 사람은 그 사람의 눈물이다. 그 사람은 그 사람의 바보다. 그 사람은 그 사람의 손가락이다. 그 사람은 그 사람의 개미다. 그 사람은 그 사람의 말이다. 그 사람은 그 사람의 창이다. 그 사람은 그 사람의 박차다. 그 사람은 안장이다. 그 사람은 우레다. 그 사람은 시치미다. 그 사람은 그 사람의 속도다. 그 사람은 그 사람의 시다. 그 사람은 그 사람의 윤리다. 그 사람은 그 사람의 무한이다. 그 사람은 그 사람의 고백이다. 그 사람은 그 사람의 심연이다. 그 사람은 그 사람의 옛날이다. 그 사람은 그 사람의 우유다. 그 사람은 그 사람의 소리다. 그 사람은 그 사람의 암혈이다. 그 사람은 그 사람의 귀납이다. 그 사람은 그 사람의 대칭이다. 그 사람은 그 사람의 망설임이다. 그 사람은 그 사람의 언덕이다. 그 사람은 그 사람의 시선이다. 그 사람은 그 사람의 공백이다. 그 사람은 그 사람의 전집이다. 그 사람은 그 사람의 바람이다. 그 사람은 그 사람의 참매이다. 그 사람은 그 사람의 수수깡이다. 그 사람은 그 사람의 방울새이다. 그 사람은 그 사람의 후투티이다. 그 사람은 그 사람의 실연이다. 그 사람은 그 사람의 고독이다. 그 사람은 그 사람의 유서이다. 그 사람은 그 사람의 묘비명이다. 그 사람은 그 사람의 그 사람이다. 그 사람은 그 사람의 그림자이다. 그 사람은 그 사람의 그리움이다. 그 사람은 그 사람의 마각이다. 그 사람은 그 사람의 그림이다. 그 사람은 그 사람의 오타다. 그 사람은 그 사람의 불면이다. 그 사람은 그 사람의 항구다. 그 사람은 그 사람의 방파제이다. 그 사람은 그 사람의 책이다. 그 사람은 그 사람의 소유다. 그 사람은 감자다. 그 사람은 잠자다. 그 사람은 그 사람이다. 그 사람은 내가 아니다. 그 사람은 그 사람이다. 그 사람은 한 문장씩 버린다. 그의 몸에서. 그의 머리에서. 그의 영혼에서. 그 사람은 섬망이다. 그 사람은 중얼거림이다. 그 사람은 망각이다. 그 사람은 둔덕이다. 그 사람은 미친자들의 소풍 전체다. 그 사람은 고개 숙인 그 사람이다. 그 사람은 그 사람이다. 그 사람은 지금 아현동을 지나 종근당

을 지나 약현성당을 지나 서울역을 지나 남대문을 지나
남산을 지나 장충체육관을 지나 약수동을 지나 강으로
가는 그 사람은 그 사람이다. 그 사람은 그 사람이다. 그
사람은 그 사람이 아니다. 그 사람은 강물의 수위를 조금
높인다.

그가 걸어간다

— 정용준에게

그가 머리를 좌우로 흔들며 걸어간다. 그가 공을 들고 걸어간다. 그가 발을 끌고 걸어간다. 바람이 분다. 그가 봉투를 들고 걸어간다. 그가 낚싯대를 들고 걸어간다. 그가 물통을 들고 걸어간다. 그가 나침반을 들고 걸어간다. 그가 포충망을 들고 걸어간다. 그가 개를 들고 걸어간다. 그가 주전자를 들고 걸어간다. 그가 황조롱이를 들고 걸어간다. 그가 메기를 들고 걸어간다. 그가 광대를 들고 걸어간다. 그가 촛불을 들고 걸어간다. 그가 변기를 들고 걸어간다. 그가 책을 들고 걸어간다. 그가 직박구리를 들고 걸어간다. 그가 한숨을 들고 걸어간다. 그가 틀니를 들고 걸어간다. 그가 아령을 들고 걸어간다. 그가 요강을 들고 걸어간다. 그가 솥을 들고 걸어간다. 그가 주머니에 손을 찌르고 걸어간다. 그가 고양이를 쳐다보며 걸어간다. 그가 새소리를 들으며 걸어간다. 비가 내린다. 그가 담배를 피우며 걸어간다. 그가 아무것도 입지 않은 다리를 바라보며 걸어간다. 그가 보랏빛 스타킹을 바라보며 걸어간다. 그가 하얀 부츠를 신은 다리를 보며 걸어간다. 그가 물 위에 뜬 공을 바라보며 걸어간다. 그가 울고 있는 여자를 지나치며 걸어간다. 그가 몸을 웅크리고 손바닥을 보여주는 자를 바라보며 걸어간다. 눈이 내린다. 그가 커피를 들고 걸어간다. 그가 녹는 아이스크림을 들고 걸어간다. 그가 방금 산 책을 들고 걸어간다. 그가 꽃다발을 들고 걸어간다. 돌개바람이 분다. 그가 머리를 흩날리며 걸어간다. 그가 고개를 숙이고 걸어간다. 그가 다리를 절며 걸어간다. 그가 그를 향해 걸어간다. 그가 그를 지나치다 문득 멈추다 지나치며 걸어간다. 그가 그의 개의 빠른 발놀림을 바라보며 걸어간다. 그가 바람에 날리는 꽃씨를 보며 걸어간다. 그가 자전거의 바퀴살을 보며 걸어간다. 그가 나무 그늘을 쳐다보며 걸어간다. 그가 그가 쓴 것을 보며 걸어간다. 그가 그의 추억을 들고 걸어간다. 그가 그의 상상을 들고 걸어간다. 그가 그의 후회를 들고 걸어간다. 그가 그의 처참을 들고 걸어간다. 그가 그의 실험을 들고 걸어간다. 그가 그의 울음을 들고 걸어간다. 그가 그의 웃음을 들고 걸어간다. 그가 걸어간다. 그가 걸어간다. 그가 걸어간다. 그가 걸어간다. 그가 걸어간다. 그가 걸어간다. 그들은 같은 곳을 향해 걸어가고 있다. 해가 뜬다.

그것의 끝

그것의 끝에서 나는, 그것의 끝에서 나는 그것을 바라본다, 그것의 끝에서 나는 그것을 바라보고 있는데 까치 하나 저기에서 저기로 이동한다, 그것은 구름을 등지고 앉아 있다, 그것의 끝에서 내가 바라본 그것은 신발을 끌며 저기에서 저기로 옮겨간다, 나는 아무것도 쓰지 않았다, 나는 아무것도 쓰지 못했다, 그것의 끝에서, 나는, 허기, 그것의 끝에서 나는 너를 사랑한다, 눈물처럼, 그것의 끝에서 그것은 담배를 피운다, 그것의 끝에서 무한이 앞선다, 그것의 끝에서 무한이 끌린다, 그것의 끝에서 무의미가 겹친다, 그것의 끝에서 나는 너를 부른다, 어떻게, 그것의 끝에서 그것은 비틀리며 하강한다, 고름을 흘리며, 그것의 끝에서 나는 너를 사랑한다, 그것의 끝에서 바위가 바위를 보고 있다, 산토끼는 산토끼, 너는 너, 그것의 끝에서 나는, 나는 그것의 끝에서 그것의 끝에 엉킨 얼룩 같은 것을 바라보는 나는 어떻게, 그것의 끝에, 그것의 끝에서 그 얼룩은 어떤 구멍, 어떤 틈, 어떤 균열, 어떤 허망, 어떤 사이, 어떤 얼룩 같았다, 그것의 끝에서 안경을 찾는 너, 그것의 끝에서 바위 위에 누운 비, 그것의 끝에서 그는, 산토끼는 산토끼, 너는 너, 그것의 끝에서 나는, 쓰고 있는 나는, 그것의 끝에서 쓰고 있는 나는, 아니 그것은, 그것은 쓰고 있는 그것, 그것은 그것의 끝에서 쓰고 있는 그것, 그것은 그것의 끝에서 쓰고 지운다, 처음부터 다시, 그것의 끝에서 그것은, 다시 쓰고 있는 나, 다시, 그것은 그것의 끝에서, 나는, 그런데, 쓸 수 있을까? 눈이 내리는 새벽은 조용하다, 비가 내리는 새벽은 조용하다, 누군가 왔다가 간다, 그의 미소는 어떤 슬픔을 가지고 있다, 눈이 내리고 있다, 눈이 내리고 있고 조용하다, 나는, 나는 그것의 끝이라고 써놓고 앉아 있었다, 그는 이촌역 앞에서 아이스크림을 먹고 있었다, 그는 대방역 앞에서 버스를 기다리고 있었다, 다시, 눈이 내리는 새벽이다, 조용하다, 그것의 끝에서, 나는 담배를 피운다, 그것의 끝에서 그는, 소리를 듣는다, 그것의 끝에서 그는 화장실로 들어갔다, 그것의 끝에서 그가 가방을 메고 문밖으로 나갔다, 그것의 끝에서 그는 말했다, 벽에 비스듬히 기대어, 찬 바람이 열린 문을 통해 들어왔다, 봄이 오고 있었다, 어디선가 피아노 소리가 들려왔다, 그것의 끝에서 그는 말했다. 오랜만에 필터 담배를 피우니 맛있다, 그것의 끝에서 그는 말했다, 그것의 끝에서 그는 담배를 피운다, 그것의 끝에서 그것은 모든 것을 잊고, 세탁기에서 물 빠지는 소리가 들린다, 그것의 끝에서 그는 그 소리를 듣는다, 그는 벽에 등을 기대고 앉아서 너를 본다, 너는 그를 보며 의자에 앉아 있다, 다리가 하나뿐인 의자에 너는 다리를 꼬고 앉아 있다, 너는 빛이 없는 방에 대해 물어보고 있고 그는 그 물음에 답하고 있다, 너의 눈빛은 흔들리고 있고 그의 손은 떨리고 있다, 그것의 끝에서 그들은 문을 열고 나갔다, 그것의 끝에서 그것은, 그는 어스름에 다리의 한쪽 끝에 서 있다, 다시, 그것의 끝에서 그것은, 그것의 끝에서 나는, 그것의 끝에서 그는, 그것의 끝에서 그들은, 그것의 끝에서 우리는, 그것의 끝에서 그것은, 그것의 끝에서 무언가 나선을 그리며 상승하고 있고 무언가 나선을 그리며 하강하고 있다, 그것의 끝에서 나는, 그것의 끝에서 산토끼는 산토끼, 나는 나, 그것의 끝에서 그것은.

공원 벤치

— 이제니에게

공원이 있다. 한 공원이 있다. 공원은 작다. 한 공원은 작다. 작은 한 공원에는 벤치가 있다. 작은 공원의 벤치 위에는 손수건이 있다. 작은 공원의 벤치 위에 있는 손수건 위에는 사과가 한 알 있다. 작은 공원의 벤치 위에 있는 손수건 위에 있는 사과에는 흠집이 있다. 작은 공원의 벤치 위에 있는 손수건 위의 사과에는 흠집이 있고 그 흠집 위로 파리가 와서 앉았다. 작은 공원에 있는 벤치 위의 손수건 위의 사과의 흠집에 앉은 파리의 몸은 햇빛을 받아 반짝였다. 작은 공원에 있는 벤치 위의 손수건 위의 사과에 난 흠집 위에 앉은 파리는 햇빛을 받아 반짝이고 한 소년이 파리가 앉은 사과가 손수건 위에 놓인 벤치로 다가간다. 작은 공원에 있는 파리가 앉아 몸을 빛내고 있는 흠 있는 사과가 놓인 손수건이 있는 벤치로 다가서는 소년의 뒷모습을 바라보고 있는 노파가 파리가 앉아 몸을 빛내고 있는 사과가 놓인 벤치의 맞은편에 있는 벤치 위에 앉아 있다. 작은 공원에는 두 개의 벤치가 있는데 한 벤치 위에는 노파가 앉아 맞은편 벤치 위에 놓인 손수건 위의 사과로 다가서고 있는 소년을 바라본다. 노파의 눈에 파리는 보이지 않는다. 노파의 눈에는 사과의 흠집도 보이지 않는다. 소년의 눈에 사과의 흠집과 그 위에 앉은 파리의 모습이 보이는지 안 보이는지 나는 알지 못한다. 공원이 있다. 공원에는 많은 것이 있다. 공원은 무한을 닮았다.

개회나무

개회나무를 지나가며 개회나무 꽃을 본다. 아현초등학교 앞에서 담배를 한 갑 산다. 다른 담배를 한번 사본다. 어제는 다비도프를 사봤는데 오늘은 시가를 사본다. 다비도프가 낫다. 아현초등학교에서 팔리아멘트를 펴본다. 집에 와서 다시 말보로를 피운다. 커피를 몇 잔 마셨는지는 모르겠다. 초등학교에서는 수돗물을 마신다. 중학교에서는 수돗물을 마신다. 고등학교에서는 수돗물을 마신다. 대학교에서는 수돗물을 마신다. 밥 되는 소리. 시계포를 지나다 헬로키티 탁상시계를 보고 그에게 선물하고 싶다는 생각을 했다. 내일도 개회나무 앞을 지나갈 것이다. 오늘은 일요일이었다. 내일은 월요일이다. 잔이 비었다. 개회나무 꽃은 하얗다. 개나리의 꽃잎은 네 갈래이고 영춘화는 여섯 갈래이다. 로트레아몽 일곱 페이지. 베케트 두 문장. 한유주 두 페이지. 개회나무를 지나며 개회나무를 보았다. 성수대교 남단에서 그와 헤어진다. 압구정역 앞에서 그와 헤어졌다. 비가 오고 있었다. 바람이 불고 있었다. 눈이 내리고 있었다. 해는 붉었다. 동작대교 부근에서 무슨 말을 하려다 말았다. 아현역 앞에서 칡뿌리가 세워져 있는 것을 보았다. 그는 누워 있었다. 비가 오고 있었다. 지난주에는 하루 운동했다. 오늘은 어떤 바람 같은 날이다. 오늘도 시를 쓴다. 오늘은 시를 쓰고 싶지 않지만, 오늘도 시를 쓴다. 개회나무를 지나며 개회나무를 지났다. 개회나무를 지나며 개회나무를 지났다. 개회나무를 지나며 개회나무를 지났고 개회나무를 지나며 개회나무를 지났고 개회나무를 지나며 개회나무를 지났다. 개회나무를 지났다. 개회나무를 지났다. 개회나무를 지나갔다. 개회나무를 지났다. 개회나무의 꽃은 하얀 꽃이다.

밤

밤이다. 한밤이다. 그는 계단을 오르고 있다. 계단은 가파르다. 그는 계단을 오르고 있다. 가끔 뒤를 돌아보면서 그는 계단을 오르고 있다. 낙엽은 바람에 날린다. 너의 손을 잡고. 너의 손을 놓고. 너를 쳐다보며. 너를 쳐다보지 않으며. 너는 멀어지고. 너는 멀어지고. 밤이다. 별이 있다. 가등이 있다. 산책로가 있다. 산책로에는 사람이 걸어가고 있다. 산책로에는 사람이 뛰어가고 있다. 산책로에는 아무도 없다. 산책로에는 개똥이 있다. 산책로에는 나무와 풀이 있다. 산책로에는 별이 떨어지지 않는다. 산책로에는 신문지가 바람에 날리고 있지 않다. 그는 별을 바라본다. 그는 별을 바라보려 계단을 오른다. 층층대. 그는 계단과 층층대의 차이에 대해 생각했다. 그는 이 밤이 어떤 밤인지 생각하고 있다. 우울에는 색이 있으면 좋겠다고 생각하고 그는 노란 우울이라고 쓴다. 노란 우울. 그는 코를 만진다. 자동차 한 대 지나갔다. 자동차 두 대 지나가도 좋다. 자동차 세 대 지나가도 좋다. 자동차 네 대 지나가도 좋다. 그는 목을 돌려본다. 그는 산책로를 떠났고 강에 가지 않았다. 그는 강을 떠났고 산책로

에 가지 않았다. 그는 산책로를 떠나지 않았고 산책로에
가지 않았고 강을 떠나지 않았고 강에 가지 않았다.

산책의 가능성

　산책의 가능성, 가능한 산책, 밤의 숲과 밤숲, 숲 속의 발코니, 발콩, 콩밭, 콩바, 콩, 포레, 서울숲, 유명한 건축가, 숭어, 지나가는 가마우지, 가능한 밤의 산책, 지렁이의 아방가르드, 아방가르드의 지렁이, 아사히 맥주, 하얼빈, 합이빈, 그물 말리는 곳, 민달팽이, 어류, 양서류, 파충류, 포유류, 루소, 외로운 산책자, 산책의 가능성, 반복의 가능성, 맥주, 청주, 소주, 탁주, 과실주, 정치적 의견, 클라우제비츠, 크리그슈필, 열두 살의 예수, 자낙스를 먹고 창밖을 보며 울고 있는 예수, 커피 한 잔, 보다 빠른 호흡, 스타일, 그는 스타일을 버리다, 그는 스타일이 없다, 그는 스타일의 포기를 선언하다, 예술을 벗어나다, 우아한 창조의 반대, 파시즘으로 가는 첩경, 군자, 군자는 지름길로 가지 않는다, 네가 선비냐, 네가 어찌 선비냐, 네가 공산주의자냐, 네가 어찌 공산주의자냐, 너는 부르주아다, 너는 소인배다, 잊지 마라, 틈을 보이는 공산주의, 문호를 활짝 연 공산주의, 열린 마음의 공산주의, 이념 없는 공산주의, 윤리 없는 공산주의, 의식 없는 공산주의, 문학은 아무것도 해방하지 않는다, 그는 스타일을 버리고 하나의 프로파간다가 되고 있다, 백남준의 바이올린, 개처럼 끌리는, 산책의 가능성, 지렁이의 아방가르드, 나자, 나례, 처용, 얇은 가죽 장갑, 너에게 사주지 못한, 영지, 너는 작은 영지를 가진 왕위 계승전에서 패한 왕자, 도미노를 입고 도미노에 열중하는 도미 같은 신세, 산책만 남았다, 쓸 수 있는 건 쉼표뿐, 쉼표 하나, 쉼표 둘, 쉼표 셋, 이렇게 ,,, 네가 몰입하는 원주율, 3.14159265…… 원주율의 시, 우랄, 산책의 가능성, 문자를 만들지 않는 족속, 의미 탈락, 방귀 같은 시, 산책의 가능성, 불쌍한 루소, 짜증나는 루소, 한 노파가 산책로 벤치에 앉아 문고판 루소를 읽고 있다, 불어로, 산책의 가능성, 가능한 산책, 아방가르드의 지렁이, 지렁이의 아방가르드, 자전거를 타는 사람들, 살이 오르는 시장의 얼굴, 너는 무슨 캠페인 중이냐, 네가 모처럼 가족의 단란을 즐기는 휴가지의 야전사령관이냐, 바람에도 흔들리지 않는 뿌리 깊은 나무냐, 지렁이의 아방가르드, 아방가르드의 지렁이, 가령, 설령, 예를 들면, 그러니까, 바꿔 말하면, 말하자면, 달리 말하면, 요컨대, 지렁이의 아방

가르드, 아방가르드의 지렁이, 미친, 미쳐 녹아버리는,
미쳐 흐르는, 미쳐 굳어가는, 지렁이의 아방가르드, 아방
가르드의 지렁이, 산책의 가능성, 가능성의 산책, 지렁이
의 산책, 산책의 아방가르드, 열정적인 산책자, 번개 같
은 산책자, 분노한 산책자, 지렁이의 아방가르드, 아방가
르드의 지렁이, 가능한 산책, 산책의 가능성, 계속.

박새

박새 두 마리가 박새의 소리를 내며 지나갔다. 박새 두 마리가 박새의 소리를 내며 창문 앞을 지나갔다. 지나서 갔다. 박새 두 마리가 순서를 가지고 하나씩 하나씩 조금 서두르며 내 창문 앞을 지나갔다. 유리창 앞을. 박새는 처음엔 목련나무에 살았고 다음엔 측백나무에 살았는데 비상하여 조금 멀리 명자나무 옆의 라일락에게 가버렸고 그러다가 향나무 속으로 숨어버렸는데 나는 그것들이 박새였는지 아니었는지도 이제는 모르겠다. 슬프게도 내가 아는 것은 없다. 그것은 박새가 아니라 멧새이거나 붉은머리오목눈이일 수도 있는데 고지새나 참새가 아닌 것은 분명하고 홍학이나 카나리아가 아닌 것도 분명한데 문조나 문주란이 아닌 것도 분명하고 엉겅퀴나 개망초나 달맞이꽃이 아닌 것도 분명하다. 부들이나 창포가 아닌 것은 물론이고 부들을 스치고 지나가는 고양이나 쥐가 아닌 것도 분명하다. 아마 박새는 한삼덩굴을 좋아하거나 좋아하지 않을 것이다. 나는 딱새 부부가 꽃사과나무에 사는 것을 본 적이 있는데 나는 꽃사과나무의 향이 그렇게 좋은 줄은 꽃사과나무에 접근하고 꽃사과나무에 아직도 달린 지난 계절의 꽃사과 한 알을 따서 코끝에 가져가본 후에야 알았다. 나는 그 꽃사과를 먹을 것인지 먹지 않을 것인지 잠시 망설이다가 시를 쓰는 아내에게 가져다주어야겠다는 생각을 했다. 아내는 향이 정말로 좋다고 하면서 그 작은 초록의 꽃사과 한 알을 자신의 서재 서가에 두었다. 나는 아내가 없을 때마다 아내가 시를 쓰는 아내의 안락의자에 앉아 꽃사과 냄새를 맡았다. 언젠가부터 향은 없다. 나는 다른 꽃사과를 그곳에 둘 수도 있었지만 그렇게 하지 않았다. 박새 두 마리가 박새의 소리를 내며 내 창 앞을 지나갔고 나는 그들이 서럽다. 아그배나무에 살던 딱새들은 왜 다시 돌아오지 않는 것일까. 그들은 파와 쪽파와 고추를 싫어할까. 나는 어제의 구름을 보았는데 오늘의 구름도 본다. 내일의 구름도 볼 수 있을까. 창밖을 지나가는 박새와 창문에 와서 몸을 부딪치는 매미와 아무 일 없는 아스팔트와 매일매일의 시와 눈물과 사랑과 망각과 공포와 권태 속에서 나는 여름을 보냈다. 박새 두 마리가 나를 지나갔다. 오전에. 여름에. 가을에.

개

— 한유주에게

개로 시작한다. 흐르는 개. 떠, 흐르는 개. 비처럼. 하
나의 술부를 찾아 떠도는 개. 하나의 둔부를 찾아 흐르는
개. 하나의 입술을 찾아 흐르는 개. 여러 입술. 무한한 입
술. 겹으로 쌓이는 입술. 입술. 입술들. 개는 흐른다. 이
개는 흐른다. 무한한 무한처럼. 이 개는 흘러 무한으로
진입한다. 그러나 이 개의 주둥이는 길고, 이 개의 주둥
이는 짧다. 이 개의 색은 검고, 이 개의 색은 하얗다. 이
개는 고양이를 쫓고, 이 개는 닭을 쫓는다. 이 개는 저 개
다. 이 개는 오늘 태어났고, 저 개는 어제 태어났다. 이
개는 흐르는 개다. 개여! 이 개는 고름이 흐르고, 이 개
는 흐른다. 이 개는 쉼표를 사용하고, 이 개는 알레고리
를 벗어나며, 이 개는 메타포를 모른다. 이 개는 이삿짐
센터에 취직했고, 중앙이 어디인지 모른다. 이 개는 흐르
는 개라서, 때론 봉은사에 있고 때론, 다랑쉬오름에 있
다. 개로 시작했다. 이 개는 보다 진지해져야 할 개다. 이
개는 흘러야 하는데, 왠지 막혀 있는 듯하다. 다시 쓰레
기차 옆을 스쳐가는 개. 이 개의 목적은 이 개다. 이 개는
지금 태어나고 있다. 이 개는 밥 되는 소리와 함께 태어

나고, 이 개는 설거지와 함께 태어난다. 이 개는 사다리를 등지고 있다. 이 개는 흐르는 개이고, 죽음을 옆에 달고 다니는 개다. 이 개는 유령이고, 이 개는 귀신이며, 이 개는 식은 개이다. 이 개가 뜨거워지면, 도대체 손을 댈 수 없다. 이 개는 잊히는 개이고, 이 개는 감정이입된 개인데, 이 개는 유리 앞에 선 개다. 이 개는 지금 흘러 언덕을 뛰어오르고 있다. 이 개는 하나의 냄새를 찾아 언덕을 뛰어오르고 있다. 이 개가 개새끼였을 때 이 개는 그 냄새를 처음으로 알았다. 이 개는 그 냄새를 향해 흐르고 있는 것이다. 이 개는 단어를 고르고 배치하는 것이 귀찮아지고 있는 이 개다. 아름다운 개들이 지나가는 것을 보고 몇 번 짖었다. 아름다운 개들은 이 개를 개로 인지하지 못한다. 이 개는 이미 죽은 개다. 아! 죽은 개! 이 개는 흐르는 개다. 이 개는 흐르는 개를 찾아 흐르는 개다. 이 개는 우선 개다. 이 개는 흐르는 개를 찾아 흐르는 개를 생각하는 흐르는 개다. 이 개는 싸움하는 개와 싸움하지 않는 개를 구별하는 개인가? 이 개는 흐르는 개다. 흐르는 개다. 흐르는 개다. 동어반복된 개다. 이 개는 개다.

흐르는. 떠, 흐르는. 떠흐르는. 흐르는. 흘리는, 이 개는
담배를 피운다. 흐르던 개. 개로 시작했다.

네모난 종이 상자

상자가 있다. 네모난 상자가 있다. 둥그런 상자는 없다. 상자가 있다. 네모난 상자가 있다. 네모난 상자는 종이 상자다. 네모난 종이 상자가 있다. 네모난 종이 상자가 여러 개 네모난 방에 쌓여 있다. 둥그런 방은 있다. 둥그런 방은 많지 않다. 그건 드문 경우다. 나는 드문 경우에 있지 않고 흔한 경우에 있다. 네모난 방에 네모난 종이 상자가 여러 개 있다. 상자는 나무로 되어 있을 수도 있고 플라스틱으로 되어 있을 수도 있다. 네모난 방에는 네모난 종이 상자가 쌓여 있는데 그중에 세 개를 나는 옮기려고 한다. 네모난 방에 있는 네모난 종이 상자는 꽤 크다. 얼마나 큰지에 대해서는 줄자를 가지고 재어본 후에 여기다 쓰면 되겠지만 대충 백과사전 반 질이 들어갈 정도라고 해두자. 반 질이라는 말은 태어나서 처음 써본다. 꽤 큰 종이 상자임에 분명하다. 종이 상자에는 모두 BLUE BIRD라고 써 있다. 자세히 보니 재봉틀을 담았던 상자다. 이렇게 많은 재봉틀이 집에 있을 리는 없고 어떤 재봉틀 대리점이나 재봉틀 공장에서 얻어온 상자일 것이다. 이 네모난 재봉틀 종이 상자에는 옷이 가득 들어 있다. 나는 네모난 방에 있는 옷이 가득 들어간 많은 네모난 재봉틀 상자 중에 세 개를 옮기기로 한다. 나는 상자를 하나씩 들어 엘리베이터 앞에 놓는다. 나는 엘리베이터 안에 상자를 놓는다. 나는 엘리베이터에서 상자를 꺼낸다. 나는 상자를 차에 싣는다. 둘은 트렁크에 싣고 하나는 뒷좌석에 싣는다. 나는 앞좌석에 타고 이동한다. 운전은 다른 사람이 한다. 나는 운전을 하지 않는다. 차가 멈춘다. 나는 차에서 네모난 상자를 꺼낸다. 나는 네모난 상자를 하나씩 들고 계단을 오르고 복도를 걷는다. 나는 상자 세 개를 문 앞에 쌓는다. 나는 열쇠로 문을 열고 상자를 집 안으로 옮긴다. 나는 상자 두 개를 포개어 놓고 나머지 하나는 다른 곳에 놓는다. 나는 네모난 커다란 재봉틀 종이 상자를 어떤 집에서 어떤 집으로 옮겼다. 아침을 먹은 후에, 커피를 여러 잔 마시고 담배를 피운 후에, 책을 조금 읽은 후에, 오전에.

너의 두 번째 책

　너의 두 번째 책이 나온다. 너는 간단히 운동을 하고 몸을 씻고 아내가 골라준 옷을 입고 나갈 것이다. 너는 풍월당에 들러 교정자와 해설자에게 선물할 CD를 살 것이다. 너는 길을 건너 472번 버스를 타고 신촌으로 갈 것이다. 신촌에서 내려 홍대 정문 쪽으로 걸어갈 것이다. 너는 홍대 앞 놀이터에서 한 시인을 만나 맥주를 마실 것이다. 너는 그 시인과 서교동의 출판사로 향할 것이다. 너는 출판사에서 한 시인이 선물한 펜으로 많은 책에 서명을 할 것이다. 서명을 하며 맥주를 마시고 담배를 피울 것이다. 너는 서른 권 정도의 책을 들고 출판사를 나올 것이다. 너는 동행한 시인과 저녁을 먹을 것이다. 너는 어쩌면 근처 다른 출판사에서 일하고 있는 소설가에게 전화해 함께 저녁을 먹을 수도 있다. 너는 어쩌면 네가 가는 출판사 부근에 혼자 사는 위대한 소설가도 불러내 함께 저녁을 먹을 수도 있다. 그렇게 되면 너는 시인 둘, 소설가 둘이 함께 앉은 이상한, 거의 초현실적인 저녁 식탁을 연출하는 셈이다. 너는 지금 우울하다. 너는 오늘 많이 마실 것이다. 너는 오늘 취하기 전까지 끝없이 술값 걱정을 할 것이고 술값 때문에 부르지 못한 사람들에 대해 생각할 것이다. 너는 순간적으로 무책임해지기로 결심한다. 너는 겨울에 돈을 빌리는 일이 얼마나 쓸쓸한 일인지 알고 있다. 너는 오늘 같은 날 정말로 돈 생각을 하고 싶지 않다. 너는 태연을 가장하기 위해 다른 날처럼 오전에 책을 읽었다. 네가 읽은 것은 베케트와 한트케이다. 케가 서로 겹친다. 카프카를 추가하고 싶었지만 시간이 너무 오래 걸릴 것 같아 참았다. 너는 오늘 많이 마실 것이다. 너는 오늘 많이 마시고 집에 돌아와 쓰러질 것이다. 너는 조금 우울하다. 너는 앞으로 몇 권의 책을 더 출판하게 될지 생각해본다. 너는 너의 책이 얼마나 쓰레기에서 가까운지 얼마나 쓰레기에서 먼지 계산해본다. 너는 어쩌면 너의 책이 쓰레기 그 자체임을 알고 있을지도 모른다. 너는 이제 모니터를 끈다. 너는 오늘 웃고 싶지 않다. 너는 오늘 울고 싶지 않다. 너는 오늘 연단 위의 파시스트 옆에 있는 다른 파시스트의 표정만을 갖고 싶다. 하지만 너는 그것이 불가능하다는 것을 안다. 아무튼 너는 꾸준할 것이다. 아무튼 너는 절대 침묵하지 않을 것이다. 너는 쓰는 너다. 이 사정은 수정될 수 없다(너에겐 의지도 없다).

너는 문을 나선다

너는 문을 나선다. 바람이 분다. 바람이 불지 않는다. 너는 공을 들고 축구화를 신고 집 앞을 걸어가고 있다. 너의 뒤쪽에서 직박구리의 울음소리가 들려오고 너의 머리 위 하늘에서는 헬리콥터가 날아간다. 상쾌한 날이다. 너는 운동장으로 나가 뛴다. 너의 나이를 무시하고. 너에게는 운동장에 나가 자주 보는 아이, 학생, 남자, 여자가 있다. 그들은 모두 사람이다. 너는 매일 그 사람들을 본다. 너는 공을 들고 집으로 간다. 집으로 가서 몸을 씻는다. 너는 몸을 씻고 횟집으로 간다. 횟집의 벽에는 유명인의 사인이 붙어 있다. 너는 횟집의 카운터 앞에 앉아 광어회가 포장되기를 기다린다. 광어는 넙치다. 넙치는 비목어다. 비목어는 광어다. 넙치는 광어다. 광어와 도다리의 구분법은 단순하다. 광어의 눈은 왼쪽으로 모여 있고 도다리의 눈은 오른쪽으로 모여 있다. 광어는 넙칫과에 속하며 도다리는 가자밋과에 속한다. 광어가 도다리보다 크다(너는 네가 쓴 것을 본다). 너는 이제 막 문을 연 횟집에 앉아 바다를 생각한다. 바닷속에 사는 생명체들을 생각한다. 그들은 얼마나 많으냐. 너는 더 이상 생각하지 않는다. 너는 적당한 비린내를 맡으며 소주 생각을 한다. 너는 오늘 술을 마시지 않을 것이다. 너는 오늘 회가 있어도 소주를 마시지 않을 것이다. 너는 회를 좋아하지 않는다. 너는 포장된 광어와 부침개와 꽁치를 들고 횟집의 대각에 위치한(대각은 수없이 많이 있을 수 있다) 편의점에 들러 담배를 산다. 담배를 살 때마다 너는 담배를 바꾸고 싶다는 생각을 한다. 너는 새로 생긴 치킨 집을 지나간다. 아사히 생맥주를 팔고 있는 집이다. 닭을 좋아하는 사람들이 생각보다 많다. 돼지고기를 좋아하는 사람이 많듯이. 너는 이제 횡단보도 앞에 서 있다. 일본 여자들이 하나 둘 셋 넷 다섯 여섯 지나갔다. 일본 남자들은 지나가지 않았다. 하늘을 본다. 밤이다(다시 읽어본다). 오늘은 문예지 두 권이 왔다. 한 권은 목차만 읽고 버리고 다른 한 권은 너의 시만 읽고 꽂아둔다. 너는 아직 저녁을 먹지 않았다. 너는 오늘 커피를 많이 마셨고 녹차를 한 잔 마셨다. 너는 오늘 시를 썼다. 너는 오늘 시를 멈추었다.

소란

하나의 소란, 소음, 결정적 고전주의, 기괴한 고전주의, 그의 성격, 다른 그의 성격, 같은 그의 성격, 개가 짖다, 공중의 까치 셋, 그는 꽃을 피운다, 그는 꽃을 말린다, 그는 소리를 지른다, 감동적으로, 사로잡으며, 잊지 못하게, 그러나 잊히는, 그는 열심이다, 그는 뜨겁다, 그는 숲을 지나간다, 그는 지나갈 수 있는 숲을 지나간다, 그는 발걸음을 옮긴다, 그는 헛발과 동행한다, 그는 버스 창에 붙어 있다, 그는 그것을 본다, 그는 검다, 그는 한숨이다, 그는 찬탄이다, 물소리, 계곡을 흐르는 물소리, 커피, 하나의 소란, 명백한 고전주의, 그는 벤치에 앉아 있다, 얌전하게, 곱게, 그는 아름답다, 그는 복수심을 감추는 훈련 중이다, 그는 곧 죽는다, 누구나처럼, 그는 걷는다, 그는 위를 본다, 그는 아래를 본다, 그는 고개를 돌린다, 축구선수처럼, 사막의 여우처럼, 물은 흐른다, 날씨는 흐리다, 하나의 소란, 둘의 소란, 셋의 소란, 하나의 정적, 둘의 정적, 셋의 정적, 그는 몇 잔의 커피를 마시고 몇 대의 담배를 피운다, 그는 골목으로 들어선다, 길은 끝이 없다, 그는 무력하다, 그는 직업이 없다, 그는 집이 없다, 그는 손을 내밀지 않는다, 그는 씻지 않는다, 그는 걸어간다, 종근당에서 약현성당까지, 약현성당에서 명동성당까지, 명동성당에서 종묘까지, 종묘에서 동묘까지, 동묘에서 살곶이다리까지, 살곶이다리에서 풍납토성까지, 그는 걸어간다, 그는 날아간다, 그는 영혼을 버린다, 주머니의 담배꽁초를 버리듯이, 그는 걷는다, 그는 소리를 듣는다, 그는 하나의 소란, 그는 하나의 방황, 그는 하나의 부도, 그는 하나의 입상, 그는 하나의 이미지, 그는 하나의 소란, 그는 하나의 소음, 그는 서가의 문을 열며 명백한 고전주의, 라고 발음한다, 발음하며 발등에 눈물을 떨어뜨린다, 명백한 고전주의, 흐린 날씨, 하나의 소란, 둘의 소란, 셋의 소란, 비가 올 것이다, 바람은 불 것이다.

산행

— 정영문 형께

이른 봄. 문을 나선다. 동행이 있다. 동행은 조금 걷다
가 다시 집으로 들어간다. 옷을 갈아입고 나온다. 산수유
나무꽃이 피었다. 민들레꽃이 피었다. 볕이 있는 곳이 따
듯하다. 백목련꽃이 피었다. 우리는 버스에 오른다. 우리
는 버스에서 내린다. 우리는 걷는다. 우리는 에스컬레이
터 위에 있다. 우리는 전동차 안에 있다. 우리는 전동차
에 타기 전에 유리문에 쓰인 시의 철자가 틀렸음을 지적
한다. 일요일이다. 우리는 에스컬레이터 위에 있다. 횡단
보도 앞에 서 있는 그를 본다. 이제 우리는 셋이다. 우리
는 커피숍에서 달려 나오는 그를 만난다. 이제 우리는 넷
이다. 우리는 사직공원에 있다. 나는 물을 산다. 그가 온
다. 우리는 이제 다섯이다. 우리는 인왕산에 오른다. 우
리는 인왕산정에서 서울을 본다. 레고 같다라는 말이 나
왔다. 바람이 불었다. 제비꽃이 피었다. 우리는 부암동에
있다. 우리는 만두집에 있다. 만둣국에 막걸리를 먹었다.
우리는 커피숍에 있다. 커피에 설탕을 녹여 먹었다. 우리
는 버스에 오른다. 우리는 버스에서 내린다. 경복궁역 앞
이다. 우리는 손을 흔들며 인사를 하고 헤어진다. 우리는

전동차 안에 있다. 우리는 에스컬레이터 위에 있다. 우리는 횡단보도를 지나간다. 우리는 문을 열고 집으로 들어온다. 우리는 집에 왔다. 오늘은 일요일이고 인왕산에 갔다 왔다. 우리는 다섯이었다. 시인 셋 소설가 둘. 비가 내리기도 했다.

너는 회색이다

너는 회색이다. 너는 영원에 가까운 회색이다. 그것은 없다. 그것은 작동하지 않는다. 너는 회색이다. 너는 한번 쉰 회색이다. 너는 국궁장의 먼지다. 너는 회색이다. 너는 먼지의 색을 규정하지 못하고 확정하지 못한다. 핌은 누구인가. 정확한 문장을 써라. 정확하지 않기 위해서 정확한 문장을 쓴다. 너는 왜 정확을 모르는가. 너의 감각은 왜 그렇게 열리는가. 너의 감각은 왜 그렇게 질질 흐르는가. 너는 회색이다. 너는 한 칸 건너간. 회색이다. 너는 부서진 나무다리다. 너는 열목어다. 너는 네가 모르는 열목어다. 너는 참수리를 찾아가는 회색이다. 너는 실체다. 너는 치매다. 너는 어디에 있는가. 너는 회색이다. 너는 진리가 아니다. 실체는 본래 없다. 너는 누구인가. 너는 궁극인가. 궁여지책인가. 너는 극치인가. 너는 회색이다. 너는 발톱 빠진 발이다. 너는 작은 화살촉인가. 너는 머리핀인가. 너는 바다로 간 너인가. 너는 누구인가. 너는 어떤 잔혹을 연출할 수 있는가. 럭키는 누구인가. 너는 누구인가. 너는 회색이기나 한가. 너는 누구인가. 너는 설명인가. 너는 선언인가. 너는 누구인가. 너는 축축한 불알인가, 너는 누구인가, 너는 새로운 소설인가, 너는 왜 한 칸 건너가는가, 너는 누구인가, 너는 너를 감당할 수 있는 너인가, 너는 누구인가, 너는 시 자체인가, 너는 메타인가, 너는 실체인가, 너는 누구인가, 너는 격인가, 너는 모드인가, 너는 무엇인가, 너는 회색이다, 너는 영원히 회색이다, 너는 유리 우리 앞의 회색인이다, 너는 그래도 누구인가, 너는 한 문장을 완성할 수 있는가, 너는 읽을 수 있는가, 너는 낫 놓고 기역 자를 인지할 수 있는가, 너에게 그것은 불가능하다, 바다로 가서 너는 무엇을 했는가, 너는 누구인가, 네가 사발면의 면발을 나무젓가락으로 저으며 맥주를 마실 때, 너는 누구인가, 너는 누구인가, 한숨인가, 너는 누구인가, 너는 왜 미 곁에 위치하지 않고 파탄을 향해 나아가는가, 너는 누구인가, 너는 증발한 숭고인가, 너는 무엇이냐, 너는 그래도 회색이다, 너는 끝까지 회색이다, 너는 어이없게도 문학이다, 단 한 발도 전진하지 못하는 영원한 고립의 척후인 너는 그러나 회색일 뿐이다. 슬픔이여.

고래
— 강성은에게

너는 고래를 찾으러 떠나고 나는 담배를 사러 간다, 너
는 고래를 찾으러 떠나고 나는 고대로 축구 보러 간다,
너는 고래를 찾아 떠나고, 나는 배가 고프다, 너는 불혹
이니 불혹일 것이고 나는 불혹이니 불안하다, 너는 좋다,
너는 훌륭하다, 너는 아름답다, 너의 좋고 아름답고, 훌
륭함에는 고객이 있을 수도 있고 없을 수도 있다, 그래서
너는 세상을 떠도는 너다, 세상은 이미 너의 편이 아니
다, 너는 고래를 찾아, 찾아, 찾아, 찾아, 찾아, 찾아, 찾
아, 떠난다, 너는 고래를 찾아 울산으로 가 트롤선을 탈
수도 있고, 트롤선의 번역어인 저인망선에 탈 수도 있고
잘 찾아보면 저인망선을 부르는 다른 아름다운 이름이
있을 것이다, 그건 네가 찾아라, 난 바쁘다, 난 미치느라
바쁘다, 내가 안 미치면 누가 좋은가, 나는 나를 위해 미
친다, 내가 미치면 좋아할 사람도 조금 있다, 그러거나
말거나, 너는 외로운가, 나는 외롭지 않다, 너는 쓸쓸한
가, 나는 쓸쓸하지 않다, 트롤리, 트롬빈, 트로츠키, 트로
트, 트로키, 트림, 트집, 가재, 가제, 가위, 가상, 가상디,
가물치, 양아치, 누르하치, 김치, 하치, 상치, 의치, 버들

치, 쥐치, 복, 황복, 참복, 참나무, 참새, 참나물, 물랭루주, 즈봉, 스봉, 봉봉, 봉산, 탈춤, 너는 탈을 쓰고, 파열의 문장을 중얼거리며, 고래를 찾아 떠났다, 석탈해, 퍽, 너는 고래를 찾아 떠났다, 멍청한 노래를 부르며, 가려거든 혼자서 가라, 책은 두고 가라, 돈도 두고 가라, 옷도 두고 가라, 다 두고 떠나거나 말거나, 아비, 아가씨, 애새끼, 아침, 점심, 저녁, 너는 고래를 찾으러 떠난다, 바리데기처럼, 또는 다른 떠도는 연놈처럼, 너는 고래를 찾으러 떠났고, 나는 너의 지도를 작성한다, 거짓말을 섞으며, 엉터리에 엉터리에 엉터리를 더하는 무거운 엉덩이가 되어, 고개를 좌우로 흔들며, 불알을 움켜쥐고 절규하며, 하나의 확산하는 과장이 되어, 아름다움은 자네가 가지고, 나에겐 시를, 나에겐 오로지 시를, 나에겐 오로지 시를, 조금 더 멍청하고 조금 더 숭고한, 시를.

바람이 불었다

　바람이 분다. 어두워진다. 참새들이 난다. 고양이가 지나간다. 나는 걷는다. 나는 뛴다. 나는 어디에서 어디까지 걷거나 뛴다. 담배를 피운다. 커피를 마신다. 변소로 간다. 이불을 덮고 눕는다. 바람이 분다. 밝아진다. 나는 책상 앞에 앉는다. 책을 펼친다. 읽는다. 때론 소리 내어 읽는다. 목을 돌린다. 바람이 분다. 소음이 들려온다. 바람이 분다. 참새들이 난다. 시장에 간다. 시장엔 식물들과 동물들이 있는데 보통 죽어 있다. 꽁치를 보았다. 홍어를 보았다. 상추를 보았다. 아욱을 보았다. 근대를 보았다. 고사리를 보았다. 대구를 보았다. 감자를 보았다. 당근을 보았다. 게를 보았다. 삼치를 보았다. 고등어를 보았다. 여자들을 보았다. 일꾼을 보았다. 트럭을 보았다. 난로를 보았다. 상자들을 보았다. 플라스틱 상자, 나무 상자, 종이 상자가 있었다. 나는 걷는다. 담배를 피운다. 담배꽁초를 주머니에 넣었다가 길에다 버린다. 참새들이 갑자기 난다. 날아서 은행나무에 앉는다. 산수유 꽃이 피었다. 바람이 분다. 책을 읽었다. 변소에 갔다. 잤다. 자다가 일어났다. 밥을 먹었다. 뉴스를 보았다. 다시 변소에 갔다. 다시 책을 읽었다. 다시 담배를 피우고 커피를 마셨다. 걸었다. 뛰었다. 비둘기를 보았다. 비둘기는 때론 황조롱이와 헷갈린다. 아이들은 걸어갔다. 아이들은 돌을 던지고 돌을 차며 걸어갔다. 차들이 지나갔다. 해가 떴다. 해가 졌다. 개가 달렸다. 개를 쫓아가는 소녀가 있었다. 개가 소녀보다 컸다. 개는 하얀 색이었다. 하얀 개. 개는 하얗다. 그 개는 하얗다. 바람이 불었다. 바람이 많이 불었다. 바람이 불었고 바람이 불었다.

바다

바람이 분다. 바람은 바다에서 분다. 바람은 바다에서 불어와 바다가 된다. 바람이 있다. 바람이 분다. 바람은 바닷가 언덕 위로 불어오고 있다. 바람은 바닷가 언덕 위로 불어와 바닷가 언덕 위에 서 있는 너의 머리카락을 흘날리고 있다. 바람은 바다에서 불어온다. 너는 자전거 옆에 기대어 서 있다. 너는 자전거를 한 손으로 지탱하고 있다. 바람은 바다에서 불어와 한 손으로 자전거를 지탱하고 있는 너의 머리카락을 흘날리고 있고 나는 그 모든 것을 본다. 바람은 바다로부터 언덕으로 불어와 도시로 간다. 바다는 바다이다. 바다는 저쪽에 있다. 바다는 바람을 만들어 언덕 위에 서 있는 너의 머리카락을 흘날리고 너의 눈을 가늘게 하고 너의 입을 다물게 하고 너의 다리를 꼿꼿하게 하고 자전거를 쥔 너의 손에 힘을 주게 하고 너의 치마를 부풀리며 너의 허벅지와 너의 뺨과 너의 이마를 시원하게 한다. 그러면서 너는 나를 잊는다. 바람이 분다. 바람은 바다에서 불어와 언덕 위에 자전거와 함께 서 있는 너의 머리카락을 흘트리고 너의 치마와 너의 소매를 부풀리고 너를 푸른 바다로 만든다. 너는 바람 부는 바닷가의 언덕에 자전거와 함께 서 있고 너는 바다가 되었다.

언덕이 반복되는 들판

언덕이 반복되는 들판. 그는 언덕 하나를 오르고. 그는 언덕 둘을 오르고. 그는 언덕 셋을 오르고. 그는 언덕을 잊는다. 언덕이 반복되는 들판. 그는 구름 하나를 쳐다보고. 그는 구름 둘을 쳐다보고. 그는 구름 셋을 쳐다보고. 그는 구름을 잊는다. 버려진 신발 하나. 버려진 우산 하나. 버려진 인형 하나. 그리고 나무 한 그루. 나무 두 그루. 나무 세 그루. 그는 지워진다. 언덕이 반복되는 들판. 파도가 굽이치는 바다. 거품 하나. 거품 둘. 거품 셋. 그는 파도를 잊는다. 파도가 굽이치는 바다. 갈매기 한 마리. 갈매기 두 마리. 갈매기 세 마리. 그는 파도를 잊는다. 버려진 등대 하나. 버려진 방파제 하나. 버려진 손수건 하나. 그리고 돌멩이 하나. 돌멩이 둘. 돌멩이 셋. 그는 지워진다. 파도가 굽이치는 바다. 기침이 반복되는 실내. 기침 한 번. 기침 두 번. 기침 세 번. 그는 아무것도 원망하지 않았다. 신음이 반복되는 실내. 신음 한 번. 신음 두 번. 신음 세 번. 그는 창밖의 검은머리방울새를 본다. 버려진 책상 하나. 버려진 기억 하나. 버려진 키스 하나. 그리고 눈물 하나. 눈물 둘. 눈물 셋. 우리는 천천히 지워졌다. 세상의 끝에서. 검은머리방울새를 기다리며.

복도

　복도는 복도다, 복도는 걸어갈 수 있고, 복도는 서서
끝을 볼 수 있다, 복도는 너를 사랑한다, 복도는 말이 없
고, 겨울밤의 복도는 조금 미쳐 있다, 복도에는 달빛이
흐르지 않고, 가로등빛이 흐르지 않고 복도의 불빛이 흐
른다, 그것들은 흐르는 것들이다, 나는 복도의 끝에서 복
도의 끝을 본다, 문을 열면서, 복도의 끝을 바라보면, 그
끝은, 어떤 아가리 같다, 용광로, 조금 떠서 날아가면 그
용광로에 삼켜질 수 있을 것 같은, 나는 너를 생각한다,
나는 그를 생각한다, 조금 미쳐서, 고개를 숙이고, 어떤
감동이 있는가, 누구에게도 묻지 않는다, 복도에는 창이
있고, 창밖에는 나무가 있고, 나무의 밖에는 세상이 있
고, 세상의 밖에는 망설임이 있고, 망설임의 밖에는 황당
함이 있고, 황당함의 밖에는 아무것도 없다, 그것 말고
는, 내가 너에게 이 시를 줄 것 같으냐, 나는 조금 미쳐
있고, 조금 미쳐서 겨울밤의 이 누추한 시를 쓰고 있다,
복도는 복도다, 복도에는 어떤 것들이 흐른다, 나는 복도
에서 무언가 망설였다, 창을 열면서, 너를 사랑했다, 창
을 닫으면서, 너를 사랑했다, 복도는 망설이는 곳이다,

우주처럼, 복도는 우선 복도다. 복도는 하나의 지평을 가지며, 복도는 두 개의 지평을 가지며, 복도는 세 개의 지평을 가진다. 복도 말고는 아무것도 없다. 복도에 신문이 떨어질 때, 복도에 아이들이 뛰어갈 때, 복도에 세탁부가 지나갈 때, 복도에 손님이 지나갈 때, 복도는 여전히 복도다. 복도는 우울하다. 복도는 조금 휘어 있다. 복도는 정확한 직선이 아니다. 복도는 조금 미쳐 있다. 조금 미치고 있는 내가 바라보는 복도는 조금 미친 복도다. 복도는 깨끗하지 않다. 복도에서 벗어나야 한다. 복도에서 벗어나 문을 열고 마루로 진입해야 한다. 나는 복도에 문득서 있었다. 복도의 다른 끝에 당신이 있었다. 내가 있었다. 복도는 너를 사랑한다. 사랑하는 복도, 우리의 시.

너의

창을 연다. 계단을 오른다. 너의 새는 머리가 없다. 너의 새는 어둠의 파란 언저리에 산다. 너는 의자에서 일어난다. 너는 흐르는 소름이다. 너는 계단을 오른다. 창을 열고, 목을 꺾고, 오른쪽을 보았다가 왼쪽을 보고, 귀신을 앞에 앉히고, 귀신과 섞이고, 너는 마르고, 이하처럼 마르고, 너는 소름이고. 문득, 너는 파란 어둠 속으로 진입한다. 소용돌이치는 틈. 너희들이 본 암혈. 별은 대각으로 움직였고, 너는 수직으로 타락했다. 너의 밤, 그리고 너의 시. 사랑이여.

비가 내리고

비가 내린다. 눈이 내린다. 진눈깨비가 내린다. 해가 뜬다. 눈이 날린다. 눈은 날려 내 얼굴을 적신다. 모과나무 위에 눈이 내린다. 모과나무 가지 위에 작은 새가 한 마리 온다. 눈이 내린 모과나무 가지 위에 작은 새가 다시 한 마리 더 온다. 눈이 내린 모과나무 가지 위에는 작은 새 두 마리가 있다. 나는 몸을 난간에서 내밀고 본다. 참새다. 굴뚝새나 딱새나 숲새나 오목눈이나 멧새나 촉새나 쑥새나 되새나 방울새나 콩새나 섬참새가 아니라 참새다. 내가 사랑한 그 검은머리방울새도 아니다. 참새다. 나는 참새를 본다. 참새가 더 온다. 참새는 이제 두 마리가 아니다. 참새들은 한 방향을 바라보고 있다. 할리데이비슨이 서 있는 방향이다. 눈이 내린다. 눈이 내려 내 얼굴을 적시고 내 손등을 적시고 내 손가락을 적시고 내 담배를 적시고 내 커피 잔을 적시고 내 커피를 적신다. 젖은 것을 또 적신다. 눈이 그쳤다. 백목련 가지에 물방울이 맺혔다. 이제 꽃이 핀다.

이발

걸어간다, 경비실을 지나, 상수리나무 숲을 지나, 까치
와 고양이의 계곡을 지나, 걸어간다, 생각을 지우며, 재
규어를 지나, 리트리버를 지나, 파출소를 지나, 버스 정
류소를 지나, 아까시나무 숲을 지나, 너의 화단을 지나,
횡단보도를 지나, 걸어간다, 생각을 골똘히 지우며, 뛰어
간다, 걷다가 뛰고 뛰다가 걷는다, 잊히는 것들, 잊히는
움직이거나 움직이지 않는 것들, 쇼윈도들을 지나, 사거
리를 지나, 언덕을 오른다, 언덕의 상부에서, 흔들리며
내려오는 것들, 다양한 동물의 이름을 가지고 있는 것들,
가령, 낙타, 변소, 철수, 영희, 목덜미, 종아리, 팽이, 커
피, 레닌, 동전, 동정, 티베트, 아돌프, 추사, 칸딘스키,
이승만, 도베르만, 에티카, 스트레칭, 요가, 카발라, 미래
도시, 지각, 현상, 팽창, 백자, 아그배나무, 식은 커피, 논
리, 철학, 논고, 캡슐, 정자, 난자, 보 꼼므, 보 꼼므, 보
꼼므, 사슴벌레 들이 내려오고 있다, 그래, 중공군처럼,
그래, 중공군의 털모자 위에 내리는 눈처럼, 그들은 군대
인가, 그들은 균열인가, 그들은 모닥불인가, 그들은 아무
쪼록 모름지기 내려오는 그들인가, 걸어간다, 뛰어간다,

다시 언덕을 내려간다, 건너간다, 두 마리의 잔인을 스쳐
지나가며, 세 마리의 잔혹을 스쳐가며, 이발소로 들어가,
머리를 깎고, 오, 머리를 깎고, 맥주를 마시지 않고, 다시
걷고, 뛰고, 걷고, 뛰어, 돌아간다, 너는 이발소에 다녀왔
고, 커피를 마시고 담배를 피우며 달을 보았다, 대보름,
토끼 하나, 두꺼비 하나, 절구 하나, 탭 댄스 하나, 탭 댄
스 둘, 볼룸 댄스.

어떤 날

그는 일어나서 옷을 입는다. 그는 물을 한 잔 마신다.
그는 체조를 한다. 그는 커피를 마신다. 그는 담배를 피
운다. 그는 시집을 들고 화장실에 간다. 그는 시집을 들
고 화장실에서 나온다. 그는 컴퓨터를 켠다. 그는 컴퓨터
를 끈다. 그는 커피를 마시며 담배를 피운다. 그는 책상
앞에 앉는다. 그는 책을 읽는다. 그는 책을 덮는다. 그는
커피를 마시며 담배를 피운다. 그는 아침을 먹는다. 그는
커피를 마시며 담배를 피운다. 그는 컴퓨터를 켠다. 그는
컴퓨터를 끈다. 그는 커피를 마시며 담배를 피운다. 그는
책상 앞에 앉는다. 그는 책을 읽는다. 그는 커피를 마시
며 담배를 피운다. 그는 눕는다. 그는 누워서 책을 읽는
다. 그는 책을 덮고 눈을 감는다. 그는 잔다. 그는 일어난
다. 그는 물을 한 잔 마신다. 그는 커피를 마시며 담배를
피운다. 그는 컴퓨터를 켠다. 그는 컴퓨터를 끈다. 그는
커피를 마시며 담배를 피운다. 그는 책상 앞에 앉는다.
그는 책상에서 멀어진다. 그는 커피를 마시며 담배를 피
운다. 그는 어떤 사진을 본다. 인물 사진이다. 그 사진 속
인물은 책을 읽고 있다. 그도 책을 읽고 싶어진다. 그는

책을 읽는다. 그는 책 읽기를 멈춘다. 그는 책상에서 멀어진다. 그는 커피를 마시며 담배를 피운다. 해가 지고 있다. 고양이가 운다. 물새들이 날아간다.

문장과 슬픔

그는 하나의 문장을 읽는다. 그는 하나의 문장을 옮겨 쓴다. 그는 하나의 새소리를 듣는다. 그는 하나의 문장을 읽는다. 그는 바퀴가 구르는 소리를 듣는다. 그는 멈춘다. 그는 펜을 떨어뜨린다. 그는 의자에서 일어나 펜을 줍는다. 그는 비참이라는 단어를 떠올린다. 그는 창밖을 본다. 숲은 매미 소리로 꽉 찬다. 그때 비가 쏟아진다. 그는 다시 책상 앞의 의자에 앉는다. 그는 하나의 문장을 읽는다. 그는 하나의 문장을 베낀다. 그는 하나의 둘의 셋의 넷의 새소리를 듣고 무수한 무한이라고 감각되는 무수한 무수하지는 않지만 무수한이라고 말하는 아니 그저 많은, 이라고 말해야 하는 그래야 하는 매미들의 소리를 듣는다. 매미들은 날개를 이용해 저 소리를 내는 것인가. 그는 책상 앞에 앉아 비교적 바른 자세로 앉아 하나의 문장을 읽는다. 그는 문장을 읽을 때마다 슬픔을 느끼는데 그것은 그 문장의 내용 때문이 아니다. 그 문장의 형식 때문이 아니다. 그 문장을 이루는 언어의 모양 때문이 아니다. 그는 문장을 읽으면 슬퍼질 뿐이다. 세상의 모든 문장은 그것이 문장일 때 슬프다. 그는 다시 하나의 문장을 읽는다. 그는 다시 하나의 문장을 베낀다. 그는 다시 해가 나오는 것을 느낀다. 그는 자리에서 일어날 것인지 어떤 하나의 문장을 쓸 것인지 망설인다. 그는 울수 있다. 그는 입을 다물고 정면을 본다. 정면에는 그가있다. 어두운 얼굴. 치통을 앓는 소녀의 얼굴. 늙은 소녀. 갑자기.

어떤 충동

어떤 충동 속에서 나는 책을 덮고 의자에서 일어나 책상에서 멀어진다. 나는 어떤 충동 속에서, 나는 어떤 충동 속에서 책상 앞에 놓인 의자에서 일어나 책상에서 멀어져 컴퓨터로 향한다. 나는 어떤 충동 속에서 컴퓨터의 전원을 켜고 컴퓨터 앞에 놓인 등받이 없는 의자, 또는 높은 곳에 있는 물건을 꺼내거나 벽의 윗부분에 못질을 할 때 쓸 수 있는 발판에 앉는다. 나는 이 발판을 목수에게 얻어서 의자로 쓰고 있다. 이 의자는 목수의 의자답게 튼튼하다. 나는 어떤 충동 속에서 글을 쓰기 시작한다. 헬리콥터 지나가고 새들이 울고 해가 지고 있는 것 같은데 정확히 몇 시인지 모르고 있다. 시간을 확인하는 것은 어렵지 않다. 나는 어떤 충동 속에서 이 글을 시작했는데, 충동 말고는 아무것도 없다. 아니, 내가 어떤 충동을 느꼈다는 것을 빼고는 아무것도 기억나지 않는다. 충동이라는 단어를 수십 번, 수백 번 나열할 수 있다. 나는 어떤 충동 속에서 책상에서 일어나 컴퓨터를 켰고 이걸 썼다. 나는 어떤 충동 속에 있었다. 이 글은 예상보다 짧아졌는데 어떤 충동에 다른 요소가 개입되지 않고 오로지 어떤 내가 모르는 충동이 있었다는 것만을 썼기 때문이다. 그 충동은 지금 흐려지고 있다. 나는 다시 책상으로 이동한다.

여름과 의자

여름이다. 그는 자신의 서재에 앉아 있다. 그의 서재에는 두 개의 커다란 서가와 적당한 크기의 책상이 있다. 소파는 없고 대신 의자가 여섯 개 있다. 그 의자들을 모두 책상 앞에 놓을 수도 있지만 그렇게 한다면 너무 비좁은 모습이 될 것이다. 책상 앞에 의자를 놓을 경우, 네 개가 적당하다. (모서리에 의자를 놓는 것이 아닌 한, 모든 의자는 책상의 앞에 놓인다. 그 점에서 책상이라는 가구는 묘한 가구이다. 게다가, 책상은 여러 용도로 쓸 수 있다.) 의자는 네 종류이다. 그중 하나는 등받이가 없고 낮다. 그것은 의자라기보다는 높은 곳에 있는 책이나 물건을 꺼내기 위한 발판에 가깝다. 다른 종류는 사무실에서 볼 수 있는 접는 의자다. 사무실용이라기보다는 강당에서 쓰는 의자에 가깝다. 그 의자는 벽과 서가 사이의 의도하지 않은 틈에 접힌 채 세워져 있다. 다른 종류의 의자는 둥근 등받이가 있고 팔걸이가 있다. 지나치게 푹신하지도 않고 그렇다고 딱딱한 의자도 아니다. 장식용 의자는 아니지만 장식용 의자처럼 벽에 붙어 놓여 있다. 서양의 고가구를 흉내 낸 서양의 가구다. 한국의 부르주아와 서양의 부르주아가 모두 좋아할 만한 가구인데, 그도 싫어하지 않는다. 그렇다고 좋아하지도 않는다. 그의 가구에 대한 지식은 없는 것과 마찬가지여서, 그 벽에 붙여둔 의자가 어떤 시대의 가구를 모방한 것인지 알지 못한다. 다른 한 종류는 그가 주로 앉는 평범한 검은 의자다. 까다롭지 않은 신혼부부의 식탁용 의자 같다. 이 종류의 의자는 모두 셋이다. 그중 하나는 등받이의 접합부가 조금 벌어져 있다. 여름이다.

우울

너는 우울 속에서 모니터 앞에 앉아 있다. 너는 우울 속에서 멸치국수를 많이 먹었다. 너는 우울 속에서 설거지를 하고 우울 속에서 아내가 멸치국수 만드는 것을 도왔다. 너는 우울 속에서 몸을 씻었다. 너는 우울 속에서 팔굽혀펴기, 앉았다일어나기, 윗몸일으키기 각 80회를 했다. 너는 우울 속에서 횡단보도를 건너 패밀리 마트와 후렌드 김밥과 정 마트와 우체통을 지나 떨어진 노란 모과 열매와 아직도 꽃을 피우고 있는 무릇을 지나 집에 왔다. 너는 우울 속에서 버스에서 내렸다. 너는 우울 속에서 버스의 맨 앞좌석에 앉아 자동차들을 노려보았다. 너는 우울 속에서 버스를 기다리며 담배 한 대를 피웠다. 너는 우울 속에서 버스를 기다리며 담배 한 대를 피우며 사람들로부터 조금 떨어졌다. 너는 우울 속에서 버스를 기다리며 담배 한 대를 피우며 사람들로부터 조금 떨어지며 사람들이 담배 연기를 싫어하리라고 상상했다. 너는 우울 속에서 한성고에서 아현중까지 걸었다. 너는 우울 속에서 경기가 끝난 운동장에서 신발을 바꿔 신고 누군가가 건네는 호두과자를 두 개 먹었다. 너는 우울 속에서 경기가 끝난 운동장에서 신발을 바꿔 신으며 담배 한 대를 피웠다. 너는 우울 속에서 환하게 웃으며 상대방 선수와 악수를 하고 동료들과 이야기하며 경기장을 나와 물을 벌컥벌컥 마셨다. 너는 우울 속에서 한 골, 두 골, 세 골이나 넣었다. 너는 우울 속에서 운동장에 도착해 몸을 풀었다. 너는 우울 속에서 담배를 물고 한성고의 언덕을 올라간다. 너는 우울 속에서 버스를 타고 명동을 지나가고 있다. 너는 우울 속에서 꽤 오랫동안 버스를 기다리다 버스에 탔다. 너는 우울 속에서 아내와 밝게 인사하고 집을 나섰다. 너는 우울 속에서 축구화, 펌프, 장갑, 축구공 두 개를 가방 속에 넣었다. 너는 우울 속에서 이오네스코를 읽으며 똥을 누었다. 너는 우울 속에서 계란찜, 김치, 된장국에 밥을 먹었다. 너는 우울 속에서 Le Bon Usage를 여기저기 들춰본다. 너는 우울 속에서 베케트 대신 루카를 읽을까 아니면 미쇼를 읽을까 아니면 타르코스를 읽을까 아니면 계속 베케트를 읽을까 고민한다. 너는 우울 속에서 커피를 마시고 담배를 피운다. 너는 우울 속에서 세수를 하고 거울을 본다. 너는 우울 속에서 세수를 하고 거울을 보고 오늘도 수염을 깎지 않으리라고 결심한다. 너는 우울 속에서 일어나 오줌을 눈다. 너는 우울 속에서 눈을 뜬다. 너는 꿈속에 있다. 너는 없다.

구름과 낫
— 김종호에게

날씨는 흐리다. 이 문장은 불안하다. 날씨는 흐리다.
이 문장은 정확한 문장 같지 않다. 정확한 문장은 정확함
이 주는 쾌감을 준다. 그는 정확한 시간에 도착하여 테이
블 앞에 앉는다. 그는 정확한 시간에 무대에 올라 피아노
앞에 앉는다. 그 꽃은 정확한 시간에 꽃을 피운다. 그런
꽃은 없다. 그 구름은 정확한 시간에 정확한 허공을 지나
간다. 그런 구름은 없다. 날씨는 흐리다. 날씨가 흐리다.
흐린 날씨다. 이게 낫다. 흐린 날씨다. 하늘에는 구름이
끼었다. 하늘은 그러니까 잿빛이거나 숭늉 빛이거나 뜨
물 빛이다. 뜨물. 아름다운 말이다. 뜨물은 곡식을 씻은
부연 물이다. 뜰은 집 안에 있는 평평한 땅이다. 아주 작
은 뜰을 칭하는 단어가 따로 있을까. 흐린 날씨다. 누군
가 정원에서 낫질을 한다. 나는 낫질 소리를 듣는다. 그
소리는 가지를 쳐내는 소리와 별로 다르지 않다. 그 소리
는 기계로 잔디를 깎는 소리와는 다르다. 기계로 잔디를
깎는 소리는 기계로 구충 작업을 하는 소리와 유사하다.
그들은 모두 모터를 사용한다. 나는 누가 정원에서 낫질
하는 소리를 들었다. 다른 소리도 들린다. 매미, 새, 사

람, 자동차 소리. 비행기의 소리를 듣지는 못했다. 헬리콥터는 비행기에 포함되는 물건이다. 김종호가 낫을 사던 날이 기억난다. 그는 하나 남은 서울의 대장간으로 가서 낫을 샀다. 형제대장간. 낫을 고르는 소설가는 인상적이었나. 그랬을 것이다. 김태용과 허남준이 동행했다. 수색 역사는 파괴되었다. 그날, 김종호는 낫을 주머니에 꽂고 소주를 마셨다. 묘했다. 매미가 운다. 매미가 울다 만다. 해는 보이지 않지만 해는 서쪽으로 지고 있다. 흐린 날씨다. 나는 쓰려던 것이 무엇인지 잊었다. 흐린 날씨와 낫질. 나는 오늘 술을 마실 것이고 내일도 무언가를 쓸 것이다. 이제 체조를 하고 씻고 먹고 나간다. 날씨는 흐리다.

매미와 나

시를 쓰다. 새가 울다. 나는 너를 기다리다. 마루의 끝에는 공이 두 개 있다. 마루의 다른 끝에는 전선이 있다. 새가 운다. 나는 시를 쓰려고 한다. 지금. 나는 어떤 소리를 듣는다. 나는 지금 다리를 꼬고 앉아 있다. 나는 반바지를 입고 있다. 나는 축구 유니폼을 입고 있다. 번호는 16번이다. 16번은 과거의 국가대표인 정해원과 김석원의 번호다. 나는 정해원과 김석원을 좋아했고 존경했으며 더 좋은 선수가 되리라고 꿈꾸고 있었다. 30년 전에. 한 남자가 마스크를 쓰고 구충하고 있다. 나는 창문을 닫는다. 매미도 죽고 모기도 죽고 방아깨비도 죽고 메뚜기도 죽고 파리도 죽고 다른 벌레들도 죽고 나무들도 힘들고 새들도 병들고 고양이도 병들고 사람도 병들겠지. 나는 그저 창문을 닫는다. 그러고 이 시를 끝내려고 한다. 시를 쓰다. 시를 쓴다. 시를 썼다. 시를 쓸 것이다. 시를 쓰지 않는다. 시를 쓰지 않았다. 시를 쓰지 않을 것이다. 파탄. 나는 파 자와 탄 자를 좋아한다. 破綻. 찢어져 터지다. 파탄은 네팔 중부의 도시로 아소카 왕조의 유물이 많으며 농산물의 집산지이고 보석 세공이 발달하였다. Patan. 파탄에 가고

104

싶다. 파탄에 가야겠다. 그 전에 암사동에 가야겠다. 프랭크 자파는 임종의 침대에서 그의 제자 스티브 바이에게 유머를 잃지 말라고 했다. 그런데 스티브 바이의 유머는 지나치다. 아무튼 나도 유머를 잃지 말아야겠다. 논어에는 修己以敬이라는 말이 있다. 자기를 닦아 경건해진다라는 의미다. 경건하다. 문장 자체가. 자기를 닦아 경건해진다. 섹시한 문장이다. 구충자가 다른 곳으로 이동했다. 나는 창문을 연다. 매미들은 질기다. 다 죽지 않았다. 매미들은 다시 운다. 울어라 매미야. 나는 그래도 아직 매미에게 명할 수 있어 좋다. 내가 울라고 하면 그들은 운다. 조금 후에. 반드시. 매미들은 운다. 털매미, 깽깽매미, 유지매미, 애매미, 쓰름매미, 소요산매미, 세모배매미, 호좀매미, 두눈박이좀매미, 풀매미, 고려풀매미, 참매미, 말매미, 늦털매미······

일요일 오전

비가 온다고 하더니 비가 내린다. 비는 내린다. 비는 내리고 너는 슬프다. 너는 슬프고 비는 내리고 숲은 흐리게 젖는다. 흐린 날이다. 새들은 보이지 않는다. 조용하다. 침대 위에는 두 사람이 누워 있다. 서재에는 아직 불이 켜지지 않는다. 너는 창밖의 숲을 본다. 숲은 추상적이고 숲은 형이상학적이고 숲은 기하학적이고 숲은 여러 차원을 갖지만 숲은 그 이상을 가지지 않는다. 그 이상을 가질 수 없는 숲은 흐리게 비에 젖는다. 까치가 운다. 너는 부엌으로 가 그날의 두 번째 커피를 만든다. 너는 부엌에서 바라보이는 숲을 본다. 그 숲도 역시 젖고 있다. 비에. 너는 한숨의 천재다. 여기까지 쓰고 너는 담배를 피우며 우주를 바라본다. 우주는 직시할 수 없다. 너는 아마도 아프리카 한 쪽, 일요일 또는 예술가 한 쪽을 읽어본다. 두이, 공원의, 두이, 흐릿한 응시, 일요일의 휴식, 여전한 한숨, 두이의 공원의 벤치의 두이, 양초, 퐁주의 새, 이제니의 두부. 너는 커피를 한 모금 마신다. 하나의 의자에서 하나의 의자로 오고 가는 일이란 슬픈 일이다. 말하지 않아도. 책상에 대해 쓰는 일이란 슬픈 일이다. 말하지 않아도. 써야 더 슬퍼지는 삶. 어제의 식탁. 너는 어제의 식탁을 다시 나열할 수 있다. 비는 계속 내리는데, 누군가가 누군가를 부르는데. 너는 오늘 한유주의 신작을 앞부분만 세 번 읽고 시를 한 편 쓸 계획이다. 젖은 개라는 제목을 달 것이다. 너는 다시 커피를 마신다. 네가 자기 전에 떠올린 이미지는 무한의 텍스트이다. 비유 없이 비는 계속 내린다. 너는 다시 창밖을 본다. 벚나무 가지 위의 까치 하나. 너 역시 무한을 닮아간다.

차

차를 한 모금 마신다. 오토바이 지나가고 매미는 운다. 항동에 있었다. 온수동에 있었다. 고개를 돌려 오류동 서울럭비구장을 보았다. 럭비를 해보고 싶었다. 성공회대에 들어갔다. 성공회대에는 담이 없다. 구드윈 하우스 입구에는 두 주의 사철나무가 있다. 꽤 크다. 계동 사철나무보다 크지는 않지만 꽤 크다. 계동 사철나무는 북촌문화센터에 있다. 구드윈 하우스 입구의 한 사철나무 앞에는 구드윈 하우스의 유래가 씌어 있다. 나는 민청학련사건이라는 단어를 기억한다. 나는 성공회대 축구장에서 축구를 했다. 가끔 비가 내렸다. 나는 김 선생의 방에서 담배를 두 대 피우고 샤워를 한 후에 온수역에서 7호선 전철을 타고 집으로 왔다. 항동 주변은 내 마음에 들었다. 서울 같지 않았다. 그저께의 일이다. 그저께라는 단어는 마음에 든다. 나는 지금 사철나무나 자살에 대해 얘기하려고 했다. 이제 그 이야기는 하지 말아야겠다. 이상하게도 어떤 이야기는 이야기를 하려고 하면 이야기를 할 수 없다. 이야기가 꼭 필요한 것이 아니다. 말을 하는 순간, 이야기는 저절로 형성된다. 잘 만들어진 이야기는 잘 만들어진 이야기이겠지만 그것은 전적으로 취향의 문제이다. 잘 만들어진 이야기에 전혀 흥미를 느끼지 못하는 사람이 있다. 예를 들면 나. 잘 쓴 소설이라는 말은 내가 이해할 수 없는 말 중의 하나다. 아니, 내가 도대체 그 문장의 합리성을 받아들일 수 없는 문장들 중의 하나다. 나는 지금 무슨 말을 하려고 하는 것일까. 나는 무언가 지껄이려고 한다. 무언가 지껄이면 무언가 나타나고 무언가 나타나면 무언가 사라진다. 무언가 나타났다가 사라지고 다시 나타나고 어떤 잔상, 얼룩, 그림자를 남긴다. 그것으로 족하다. 나는 어제 자기 전에 층계참에서 담배를 피우며 이런 생각을 했다. "그림자가 더 환하구나." 그림자가 환하다. 나는 자살에 대해 이야기할 필요가 없다는 생각을 한다. 이 더위에. 이 매미 소리 속에서. 자살 이야기를 할 필요는 없다. 간밤엔 이상한 악몽을 꾼 것 같다. 두 명의 왕자가 나오고 대여섯 명의 암살자가 나오는데, 내가 왕자였는지 암살자였는지 구경꾼이었는지 중재자였는지는 모르겠다. 나는 소리를 지르며 잠에서 깼다. 그러고 다시 잤다. 횡설수설은 내가 아는 유일

한 길이다. 저기 불빛이 있고 나는 서둘러 산을 내려간
다. 차를 마시겠는가. 차를 마시겠다.

참여

나는 나는 나는 나는 나는 나는 나는 나는 나는 나는
책상에 참여한다. 나는 종이에 참여한다. 나는 정확함에
참여한다. 나는 재활용이 가능한 것들에 참여한다. 나는
모호함에 참여한다. 나는 축구화에 참여한다. 나는 사전
에 참여한다. 참여라는 말을 사전에서 찾다 보면 같은 화
면에 이런 단어들이 참여한다. 참돔, 참마자, 참매, 참모,
참물, 참바, 참바리, 참반디, 참벌, 참붕어, 참빗, 참빗살
나무, 참사, 참살, 참새, 참새구이, 참서대, 참수리, 참싸
리, 참쑥, 참알, 참여, 참여. 나는 참여한다. 나는 시선에
참여한다. 나는 주정에 참여한다. 나는 꼿꼿함에 참여하
고 부드러움에도 참여한다. 나는 개에 참여한다. 나는 낙
타에 참여한다. 나는 고양이에 참여한다. 나는 씨에 참여
한다. 나는 시에 참여한다. 나는 고궁에 참여한다. 나는
호텔 로비 끝에 있는 변소에 참여한다. 나는 건물과 건물
사이에 참여한다. 나는 버려진 막걸리병, 본드 튜브, 신
문지, 소주병, 콘돔, 팬티, 기관지확장제 플라스틱병, 구
강청정제 스프레이, 팬티스타킹 포장, 휴대전화, 가발,
루주, 스프레이, 궤짝, 깡통, 비닐봉투, 신발, 모자, 기타,

피리, 가스통, 스피커, 지갑, 약병, 향수병, 마스카라, 바셀린, 맥주병, 고래, 사슴벌레, 도도, 개꿩, 검둥오리사촌, 꺅도요, 삑삑도요, 슴새, 아비, 캐나다두루미, 흰눈썹뜸부기, 흰줄박이오리, 슬픔, 분노, 우울, 사랑, 처참, 고요, 동정, 권태, 멜랑콜리, 잔혹, 눈물, 미친 웃음, 불면, 살인, 강간, 강도, 방화, 약탈, 절멸, 전화벨, 부부, 부탄, 탄저, 저탄, 탄소, 소몰이, 방울, 울새, 시집, 무한에 참여한다. 나는 참여한다. 기다림과 망각과 불면과 아무것도 잊지 못하는 것에 참여한다. 물끄러미 여름 개미를 보는 태연한 바보처럼.

책상

　책상 위의 책은 다섯 권이다. 책상 위의 책은 세 권이었다가 다섯 권이 된다. 책상 위의 책은 스물한 권이지만 책상 위의 책은 다섯 권이다. 바람이 불고 비가 내린다. 바람은 언제나 불고 비는 가끔 내린다. 비를 맞는 것들도 있고 비를 먹는 것들도 있고 비를 빨아들이는 것들도 있고 비를 튕겨내는 것들도 있고 비를 바라보는 것들도 있고 비를 삼키는 것들도 있다. 책상 위의 책은 다섯 권이다. 그것은 다시 휜다. 그것은 그것의 등 뒤로 지나가고 있다. 너는 커피를 여러 잔 마시고 담배를 여러 대 피운다. 밥을 거부한다. 국을 거부한다. 도라지무침을 거부한다. 김치를 거부한다. 너는 앉아서 무언가를 쓴다. 손가락으로. 책상 위의 책은 다섯 권이다. 너는 흘러가는 바람을 바라보면서 옛 친구들을 생각한다. 책상 위의 책은 다섯 권이다. 너는 그를 사랑하는 것 같다. 너는 그를 증오하는 것 같다. 책상 위의 책은 다섯 권이다. 전화벨이 울린다. 전화벨이 울리지 않는다. 책상 위의 책은 다섯 권이다. 비가 고인다. 책상 위에는 다섯 권의 책이 있다. 책상 위의 책은 다섯 권이다. 그가 울고 있다. 책상 위의 책은 다섯 권이다. 엘리베이터가 올라간다. 엄마는 아이를 안고 있다. 책상 위에는 수많은 책들이 올라갈 수 있다. 너는 그를 책상 위에 둔다. 너는 그를 바라보며 운다. 책상 위에는 다섯 권의 책이 있다. 책상 위에는 다섯 권의 책이 있다. 책상 위의 책을 치운다. 책상 위에는 네가 있다. 책상 위에는 오전이 있다. 책상 위에는 오후가 있다. 책상 위에는 아무것도 없다.

태풍

아무 생각이 없다. 매미는 밤낮을 가리지 않는다. 압구
정동, 잠원동, 반포동, 동작동, 흑석동, 노량진, 대방동,
여의도. 여의도의 앙카라공원. 나는 앙카라공원을 좋아
한다. 언젠간 앙카라공원의 나무 이름을 모두 기록해봐
야겠다. 앙카라공원에는 터키 전통 농가가 있는데 폐쇄
되어 있다. 열어달라고 하면 열어주나. 어제, 앙카라공원
을 지날 때 한 여자 노숙인이 벤치에 앉아 비둘기에게 손
가락질을 하며 소리치고 있었다. "멈춰! 멈춰!" 앙카라
공원. 좋은 공원이다. 매미가 운다. 바람은 좋다. 태풍이
올 것이라고 한다. 이번 태풍의 이름은 무이파다. 무이파
는 서양자두꽃. 태풍의 이름은 다음과 같다. 개미, 나리,
장미, 수달, 노루, 제비, 너구리, 고니, 메기, 나비, 기러
기, 도라지, 갈매기, 매미, 메아리, 소나무, 버들, 봉선화,
민들레, 날개, 돔레이, 콩레이, 나크리, 크로반, 사리카,
보파, 크로사, 마이삭, 찬투, 네삿, 롱방, 위투, 펑셴, 두
지앤, 하이마, 우콩, 하이옌, 디앤무, 하이탕, 카이탁, 마
니, 퐁윙, 초이완, 망온, 산산, 링링, 야냔, 팅팅, 바냔, 덴
빈, 우사기, 간무리, 곳푸, 도카게, 야기, 가지키, 구지라,

곤파스, 와시, 볼라벤, 파북, 판폰, 켓사나, 녹텐, 샹산, 파사이, 찬홈, 남테우른, 맛사, 잔쯔, 우딥, 봉퐁, 파마, 무이파, 버빈카, 와메이, 린파, 말로우, 산우, 절라왓, 서팟, 루사, 멀로, 머르복, 룸비아, 타파, 낭카, 머란티, 마와, 에위냐, 피토, 신라쿠, 니파탁, 난마돌, 솔릭, 미톡, 소델로, 라나님, 구촐, 빌리스, 다나스, 하구핏, 루핏, 탈라스, 시마론, 하기비스, 임부도, 말라카스, 탈림, 프라피룬, 비파, 멕클라, 니다, 쿨라브, 두리안, 라마순, 모라콧, 차바, 카눈, 마리아, 프란시스코, 히고스, 오마이스, 로키, 우토, 차타안, 아타우, 아이에라이, 비센티, 사오마이, 레기마, 바비, 콘손, 손카, 차미, 할롱, 밤코, 송다, 사올라. 나는 커피를 한 잔 더 마신다. 무이파를 따라 걷고 싶다. 국회에서 축구했다. 국회에는 은행나무, 스트로브잣나무, 소나무, 반송, 모과나무, 산철쭉, 배롱나무, 산수유, 낙우송, 느티나무 등이 있다.

나의 우울

　나는 일찍 일어나, 새보다는 조금 늦게 일어나, 오늘, 나의 우울이라고 쓴다, 나는, 나는 우울하니까, 나의 우울이라고 쓰고, 바로 다음에, 나의 불알이라고 쓰고 싶었으나, 그렇게 하지 않고, 나의 자지라고 쓰지도 않았다, 너의 보지라고 쓰지도 않았다, 꿈에 어떤 붉게 부어오른 보지를 보았다, 나는 지금 나의 시를 쓰고 있는가, 아닌가, 나는 시를 쓰고 있는 것 같은데, 언제나 나는 나의 볼펜과 나의 손가락을 가지고 시를 쓰고 있는 것 같은데, 너의 얼굴이 떠오르지 않는다, 너의 얼굴이 떠오른다, 까치가 울거나 짖고, 까치는 보이지 않고, 보이고, 나는 나의라는 명사와 조사의 결합체로 시작하는 시를 지금 쓰려고 한다, 나의로 시작할 수 있는 것은 무엇이 있는가, 나의 자지 말고, 나의 보지 말고, 다른 것은 없다는 말인가, 나의 시, 나의 책, 나의 볼펜, 나의 컴퓨터, 나의 텔레비전, 나의 까치, 나의 매미, 나의 여름, 나의 사랑, 나의 후회, 나의 고통, 나의 눈물, 나의 처참, 나의 비참, 나의 땀, 나의 호텔, 나의 모텔, 나의 모스크, 나의 모스크바, 나의 길, 나의 허기, 나의 해변, 나의 등대, 나의 카카카,

나의 쿠쿠쿠, 나의 키키키, 나의 커커커, 나의 캬캬캬, 나의 구구구, 나의 니니니, 나의 아에오, 나의 컹컹컹, 나의 하하하, 나의 파파파, 나의 도도도, 나의 라라라, 나의 꽥꽥꽥, 나의 매미, 나의 쓰름매미, 나의 참매미, 나의 직박구리, 나의 황조롱이, 나의 빗물, 나의 베개, 나의 베타, 나의 알파, 나의 오메가, 나의 사랑, 나의 천편일률, 나의 반복, 나의 다양성, 나의 독특함, 나의 진부함, 나의 타락, 나의 혁명, 나의 자살, 나의 죽음, 나의 전생, 나의 먼지, 나의 후생, 나의 건강, 나의 국가, 나의 나라, 나의 책, 나의 텍스트, 나의 발음, 나의 주먹, 나의 손가락, 나의 발가락, 나의 축구화, 나의 장화, 나의 고양이, 나의 가방, 나의 빵, 나의 밥, 나의 너, 여기까지 하고 나는 내가 쓴 것을 본다, 보니, 나는 나의 우울이라고 쓰고는 아무것도 쓸 게 없다는 것을 알았을 것이다, 나는 시를 쓰고 있는가, 그런 것 같다, 다시.

그친 비

비가 내린다. 우울과 조급 속에서 비가 내린다. 조급은 조급함이라고 써야 조금 더 자연스러울 것이다. 비가 내린다. 이런 비를 맞으며 그는 염천교를 건넌 일이 있을 것이다. 비가 내린다. 비가 내리는 꼴은 여러 가지다. 비는 세게 내리다가 그렇지 않게 내리기도 한다. 그는 지금 북창동의 가운뎃길을 걷고 있다. 그는 지금 자장면을 먹으려고 한다. 혼자. 혼자라는 것은 늘 곤란하고 혼자라는 것은 늘 은밀하다. 혼자가 아니라면 쓸 수 없다. 근본적으로는 그렇다. 설명은 필요 없다. 비는 다양한 꼴을 가지고 내린다. 풍주를 참조하라. 우리말갈래사전을 참조하라. 뱅뱅사거리를 참조하라. 뱅뱅사거리는 예상보다 작은 사거리이다. 그는 동작대교를 걸어 건너가고 있다. 국립현충원을 관통하여 어떤 산에 오를 생각이다. 비는 계속 내리고 있다. 2011년에는 아차산에 오르지 않았다. 아차산의 진달래는 볼만하다. 워커힐의 카지노에는 출입한 일 없다. 귀가 간지럽다. 그는 귀를 후비고 있다. 그는 잠시 홍수환 생각을 한다. 그는 잠시 흑백텔레비전과 아버지와 어머니와 외삼촌과 누나와 작은 방, 부엌만 딸린, 변소는 마당에 있는 방을 상상한다. 그것은 어떤 이미지이다. 그는 아버지의 춤사위와 아버지의 초조와 아버지의 탄식과 아버지의 욕설과 아버지의 불안과 아버지의 텔레비전 껐다 켜기와 아버지의 엑스터시를 생각한다. 모두 홍수환 때문에 발생한 일이었다. 그는 홍수환과 흑백텔레비전과 아버지와 외삼촌과 어머니와 누나를 하나의 지평 위에 놓고 생각한다. 그것은 떠오르는 해와 지는 해를 조금은 닮았다. 동생이 태어나기 전의 일이었다. 빗속에서 새들은 침묵한다. 그러나 매미는 계속 운다. 매미의 울음은 비를 뚫고 그의 청각에 호소한다. 호출. 총동원. 6·25는 버찌철에 시작되었다. 비가 성기다. 비가 성깃하다. 비가 잦다. 까치가 울다. 참새는 아직 놀라다. 그는 마포에 있다. 그는 마포를 지나 공덕동 방향으로 가고 있다. 그는 문득 방향을 바꿔 효창동 쪽을 향하고 있다. 그는 상수동 쪽으로 다시 방향을 잡는다. 그의 목적지는 망원정이다. 그는 망원정의 역사에 대해 여러 번 생각한다. 하나의 정자는 유서가 있을수록 주인이 자주 바뀐다. 압구정은 흔적조차 없는데 그 연유가 분명

치 않다. 그는 무엇을 쓰려고 했는지 잊었다. 비의 열기
에 대해 쓰려고 한 것일까 비의 묵독에 대해 쓰려고 한
것일까 글 읽는 까치에 대해 쓰려고 한 것일까 귀뚜라미
의 계절에 대해 쓰려고 한 것일까 아니면 사랑에 대해 쓰
려고 한 것일까. 우울과 고독과 사랑. 에어컨을 틀고 와
이퍼를 작동시킨 우기의 저녁 버스, 따위. 오전의 시. 오
늘은 이제 오후의 시만 쓰면 그의 의무는 끝이다. 그의
의무는 하루에 두 편의 시를 만들어내는 것이다. 다소 긴
횡설수설을. 혐오를. 아름다움을. 어떤 끝을. 벼랑을. 그
는 한 편의 시를 쓸 때마다 적이 하나 늘어난다는 상상을
하며 즐거워하고 있는 것일까. 그는 오늘 아름다움을 돌
아볼 것이다. 창밖을 보는 늙은이처럼. 가끔 밭에 나가는
엉터리 농부처럼. 아름다움은 좀 짜겠지. 젓갈처럼. 비는
그쳤다. 그친 비.

너

    너는 잠으로 들어가 있다. 너의 불안과 너의 피곤과 너의 곤란과 너의 사랑과 너의 질투와 너의 꿈과 함께, 너는 잠에 들어가 있다. 나는 쉽게 없다. 내가 고개를 한 번 돌릴 때, 너는 없고, 너는 있다. 너의 때 묻은 양말을 사랑하는 것은 어떤 성적 취향이 아니다. 그것은 그런 것일 뿐, 너는 잠에 있다. 너의 잠은 지금 어디에 있는가, 내가, 이 쉬운 내가 하나의 과장 속에서 분출하고 출분할 때, 너의 잠은 어디에서 어디로 이동하는가, 어떤 관념도 없는 너의 잠, 나는 너의 잠을 감시할 수 없고, 나는 너의 잠에 동행할 수 없다. 나는 저기에서 저기로 조금 이동하며, 통증을 데리고 간다. 가방이 없어도, 나는 나의 통증을 쉽게 옮긴다. 엄살은 다른 곳에 두고, 비유 없이, 그는, 너는, 어떤 결정도 없이, 다만 모종의 세련으로 거기서 함몰하여, 약간의 독자를 끌어모으고 있을 뿐이다. 가장 소중한 독자는 바로 너 자신인데, 너는 그것을 아느냐, 너는 엉뚱한 짓을 하고 있는 셈이다. 보라, 그가 오고 있지 않은가, 너는 이제 세 번째 생을 맞이하였고, 다른 두 생은 오로지 후회로서 전시될 뿐이고, 지워졌을 뿐이다, 의심할 수 없이, 너는 너의 바람대로 착각 속에 있었고, 하지만 그 착각은 치밀하지 못했고, 너는 지워지기를 바랐고, 너는 이제 지워졌고, 너는 이제 다시 흐른다, 이 흐름은 동어반복의 흐름이어서, 너도 이제 어쩔 수가 없다, 너는 이제 새로운 잠으로 들어간 너를 바라보며 하나의 불안을 만들고자 하는 것인가, 너는 바람인가, 너는 흐르는 잔광인가, 너는 그림자인가, 너는 그늘인가, 너는 부드럽게 흔들리는 봄날의 이파리인가, 너는 무엇이냐, 너는 어지러운 과잉일 뿐이고, 너는 아무리 너를 슬퍼해도 소용없는 그것일 뿐이다, 너를 대체할 수 있는 것은 아무것도 없다, 그러나 너는 전적으로 무용하다, 너는 무용의 쾌락을 잘 알고 있기에, 그것을 사용했을 뿐인데, 그 사용도 적절하지 못했고, 철저하지 못했다, 어디에 적절함이 있고 어디에 철저함이 있겠는가, 다시 말해 너는 아무 형식도 없었다, 너는 너 자신에게도 겁을 내는 탁월한 겁쟁이이어서, 너는 아무런 곳으로도 가지 않았다, 네가 달아날 곳이 있느냐, 불쌍한 자여, 너의 노출엔 아무 모습이 없다, 너는 쓰는 기계일 뿐이며, 그것도 잘못된

기계일 뿐이다. 네가 낭비한 삶을 너는 만회할 수 있을 것이라고 상상하느냐. 너는 진짜 실패이고, 진짜 헛발이다. 너에겐 영혼이 없다. 너는 죽음을 향해 다가갈 뿐이다. 너는 너의 잠을 엿보는가. 너는 누구인가. 그런데, 너는 누구인가. 너는 너의 이마인가. 너는 너의 비듬인가. 너는 너의 눈물인가. 너는 너의 콧물인가. 너는 너의 정액인가. 너는 너의 똥인가. 너는 흐른다. 너는 마른다. 너는 증발한다. 너는 사라진다. 너는 없어진다.

너

매미가 운다. 레몬 스카이. 8분. 매미가 운다. 나비가 흐른다. 고구마는 숲을 이룬다. 숲은 수풀의 준말. 말이 흐른다. 흐르다 멈추고 자세를 바꾸고 다른 말이 된다. 물이 내려간다. 룸 201. 매미가 운다. 너는 차를 타서 내 옆에 앉는다. 너는 아직 누워 있다. 너를 찾는 전화벨이 울린다. 나는 쓴다. 나는 일어나 쓴다. 나는 어제 울었다. 나는 어제 웃었다. 그가 묻는다. 왜 울어요. 나는 쓴다. 나는 운다. 나는 계단을 오른다. 나는 그 벌레를 죽인다. 까치가 걸어간다. 지렁이는 하얗다. 비에 젖은 지렁이. 지렁이를 향해 까치가 다가간다. 다시 매미가 운다. 침묵한다. 매미의 침묵. 나는 너의 문을 두드린다. 너는 여기에 없다. 너는 여기에 있다. 나는 계단을 오른다. 나는 잎을 만져본다. 박새는 새의 이름이고 박새는 풀의 이름이다. 박새. 73쪽. 여로. 동운초. 백합과. 높은 산꼭대기의 조금 축축한 풀숲. 풀숲이라는 단어를 잊고 있었다. 보스케. 총림. 꽃은 연한 노란 빛이 도는 흰색이다. 약용. 유독성. 유복성. 혼자 걸어가는 명동길. 박새는 여름에 꽃을 피운다. 서교동에 있었다. 서교동에서 마셨다. 압구정동에 있었다. 압구정동에서 마셨다. 아현동에 있었다. 아현동에서 마셨다. 너는 아현시장의 골목을 내려간다. 천막 처마에서 떨어지는 빗물을 맞으며 너는 손기정공원을 향해 걸어가고 있다. 너는 걸었다. 너는 마셨다. 너는 이제 쉼표와 마침표와 말줄임표를 구분하지 않는다. 못한다. 스스로 빛나기 시작하는 말없음표. 너는 자끄 드뷔망의 시를 읽는다. 너는 가끔 그에게 질투를 느낀다. 그의 뿔바지에 그의 뿔라롱에 블르모엘롱에 미셸에. 나는 슬프다. 그는 욕실로 들어간다. 그와 그와 그는 아직 아침을 먹지 않는다. 커피 한 장. 차 한 장. 담배 여러 장. 매미 여러 장. 그는 단 하나의 문장을 읽고 계단을 오를 것이다. 뿔라롱의 뿔바지, 뿔라롱의 뿔바지, 뿔라롱의 뿔바지를 중얼거리며. 그는 이제 온갖 치욕을 뒤로 하고 자리에서 일어나 담배를 피울 것이다. 매미를 들으며. 고구마를 연민하며. 나비를 회한하며. 전체가 되어. 고립의 전체가 되어. 세상의 끝에서. 몽롱 속에서. 너를 생각하며. 너를 생각하며. 너를 생각하며. 너를 생각하며. 너를 생각하며. 너를 생각하며. 너를 생각하며. 너를 생각하

며. 너를 생각하며. 너를 생각하며. 너를 생각하며. 너를
생각하며. 너를 생각하며. 너를 생각하며. 너를 생각하
며. 너를 생각하며. 너를 생각하며. 너를 생각하며. 너를
생각하며.

80%

운동장은 젖어 있었다. 그가 바다 냄새가 난다고 했다. 나는 이 모래는 바다에서 퍼온 것이라고 했다. 운동장은 젖어 있었다. 비가 내렸다. 비가 내리지 않았다. 다시 비가 내렸다. 그가 coralpress에서 발행하는 잡지 coralcord를 주었다. coral이라는 단어는 낯익으면서 낯설다. 운동장은 젖어 있었다. 나는 운니동에 있었다. 나는 교동초등학교에 있었다. 나는 운니동에 있었고 운현궁은 공사 중이었고 양관은 들어갈 수 없었다. 나는 운현궁 앞을 지나며 양관을 흘긋 보았다. 운현궁 앞을 젊은 일본 여자와 늙은 일본 남자가 지나가고 있었다. 비가 내리고 있었다. 나는 운동장에 있었다. 운니라는 이름은 예쁘다. 나는 운동장을 나와 지석영 집터를 지나 낙원상가 쪽으로 걸었다. 인조의 잠저는 어디인가. 아귀찜을 먹으러 오는 사람들이 많았다. 나는 창문을 연다. 비는 잠시 그쳤다. 나는 편의점으로 들어가 오렌지 주스 두 개를 산다. 하나를 옆에 있던 사람에게 준다. 나는 종로3가역으로 들어가 전동차에 탄다. 나는 집으로 가고 있다. 나는 동호대교를 건너는 전동차 안에서 한강을 본다. 한강은

물이 많았다. 나는 전동차에서 나와 에스컬레이터 위에 있다. 나는 오늘 에스컬레이터에서 걷지 않는다. 나는 에스컬레이터에서 내려 걷는다. 나는 에스컬레이터라는 시를 썼고 엘리베이터라는 시를 썼다. 나는 스프링클러라는 시를 곧 쓸 것이다. 나는 84동 앞에서 배롱나무에 꽃이 핀 것을 본다. 쓰러진 나무가 뽑힌 흔적을 본다. 나는 집에 들어간다. 나는 씻고 눕는다. 나는 닭죽을 먹는다. 나는 텔레비전을 보며 누워 있다. 나는 coralcord를 여기저기 넘겨본다. 나는 누워 있다. 나는 담배를 피운다. 나는 한숨을 쉰다. 오전에 나는 자귀나무 옆을 지나며 습도를 확인한다. 80%. 나는 이제 드뷔망의 시를 읽는다. 나는 이제 시를 쓴다. 이거다. 비는 계속 내린다. 나는 책상 위의 책을 다시 치운다. 비는 계속 내린다.

da

잊어야 쓸 수 있다. 비는 조금씩 내리고 있다. 잠자리 하나가 부양한다. 매미 하나가 유리창에 와 부딪힌다. 나는 조금 슬펐다. 슬픔은 슬퍼한다. 생각은 생각하는 것처럼. 전화벨이 네 번 울렸다. 넷이라는 수에는 어떤 상징도 없다. 바람이 분다. 나는 바다에 있다. 비가 내리고 바람이 불면 나는 바다에 있다. 아무 생각 없이. 생각은 생각이 알아서 열심히 하겠지. 나는 모르겠다. 모르겐. 모르겐은 아침이다. 독일어로. 나는 독일어를 읽을 수 없다. 독일어를 읽고 있다. 나는 독일어의 da라는 단어가 마음에 든다. 그것 때문에 나는 곧 독일어를 공부할 수도 있다. 카프카를 좋아해서 독일어를 공부하겠다는 마음은 과거의 마음이다. 나는 그저 da가 좋다. da가 무슨 뜻인지는 모른다. 내겐 독일어 사전이 있다. 지금 확인해보면 될 것이다. 하지만 da가 da라는 사실은 명확하다. 그러니까 나는 da가 da라는 것을 알고 있다. da는 간단하게 ㅇㅁ로 암호화할 수 있다. da, 마음에 드는 단어다. 잊어야 쓸 수 있다. 나는 잊으면서 쓴다. 나는 몇 주 전부터 무언가를 메모하고(잊지 않기 위하여) 그 메모를 잊으면서 쓴다.

그러니까 적당히 잊으면서 쓴다. 아니다. 나는 내가 쓰고 있는 나라는 사실에 변화를 주지 않기 위하여 메모할 뿐이다. 나는 백수건달이고 싶지 않다. 나는 노동자이고 싶지 않다. 나는 노동이라는 말 자체를 싫어한다. 누가 처음으로 그 말을 썼을까. 번역어 같은데. work나 labour는 거창한 말이 아니다. 한자를 써야 무시당하지 않는다는 생각은 틀린 생각이다. 일꾼이라는 말이 훨씬 멋지고 독자적이며 세 보인다. 나는 노동자라는 말이 싫다. 단어 그 자체로 지겹다. 지겨움은 나 자체로 충분하다. 나는 da라는 단어가 좋다. 그는 아침을 준비하고 있다. 바람이 불어 책장을 넘기고 종이를 떨어트리고 있다. 바닥에 흰 종이가 놓였다. 내 글씨가 쓰인 종이 몇 장. 나는 우주가 술잔이라고 생각한다. 그러니까 나는 우주가 밑은 막혔고 위는 뚫렸다고 생각한다. 더 나은 생각은 나 자신을 바라보면서 할 수 있을 것이다. 조금만 더 나은 생각을 어쩌면 할 수 있을지도 모르겠다. 우주는 내가 볼 때 밑은 막혔고 위는 무한으로 뚫려 있다. 그리고 무한의 모습은 바로 나다. 밥을 먹어야겠다. 바람이 분다, 먹어보자.

파상

아무것도 쓰고 싶지 않다. 나는 검은 커피를 본다. 코
스타리카는 1820년에 처음 커피나무를 심었다. 그 커피
나무의 커피나무의 커피나무의 커피나무의 커피나무
의…… 커피나무의 커피를 나는 오늘 많이 마셨다. 나
는 하얀 잔에 담긴 검은 커피를 바라보다가 보이지 않는
도시들이라는 책을 덮는다. 덮고 컴퓨터를 켜고 이걸 쓰
기 시작한다. 코스타리카는 풍요의 해변이라는 뜻이다.
비가 쏟아진다. 코스타리카에는 군대가 없다. 나는 오늘
코스타리카 커피를 많이 마셨다. 매미 소리는 지속이다.
가끔은 날아가는 매미가 눈에 띄기도 하는데 그건 드문
일이다. 매미는 보통 나무에 붙어 움직일 줄 모른다. 나
는 어두워지기 시작하는 젖은 숲을 지나 강으로 갔다. 강
으로 가는 길의 흙은 꽤 쓸려나갔다. 길 위에는 많은 푸
른 낙엽들이 떨어져 있었다. 떡갈나무 잎도 있었고 느티
나무 잎도 있었고 계수나무 잎도 있었고 플라타너스 잎
도 있었고 다른 나뭇잎도 있었다. 지렁이는 의외로 한 마
리도 보이지 않았다. 가끔 까치가 울었다. 숲은 언제가
가장 좋으냐고 누군가 묻는다면 나는 어스름이라고

말할 것이다. 하지만 숲은 언제나 좋다. 돌아갈 곳이 있고 아프고 배고프고 슬프지 않다면. 아무것도 쓰고 싶지 않다. 책상 위에는 세 권의 책이 있다. 어스름의 숲은 좋다. 그리고 나는 아무것도 쓰고 싶지 않다. 비가 다시 쏟아진다. 파상.

계단

커피를 마시고 담배를 피운다. 밥을 먹고 담배를 피우고 커피를 마신다. 사이사이 변소에 간다. 설거지를 하고 책을 읽는다. 무언가를 쓴다. 창밖을 본다. 잔다. 자고 일어나 같은 일을 한다. 술을 마시기도 한다. 사람을 만나기도 한다. 하늘을 본다. 땅을 본다. 새와 나무와 돌과 풀과 물을 본다. 동물들을 보고 벌레들을 본다. 다시 하늘을 본다. 밤하늘을 보고 낮하늘을 본다. 아무 생각이 없다. 계단을 내려가며 생각한다. 나는 지금 계단을 내려가고 있다. 나는 지금 계단을 내려가고 있다. 나는 지금 계단을 내려가고 있다. 매미가 운다. 나는 지금 계단을 내려가며 야래향의 향을 맡는다. 나는 계단을 내려가고 있다. 나는 지금 계단을 내려가며 너를 생각한다. 나는 계단을 내려간다. 나는 계단을 내려가며 no wave new york이라고 발음해본다. 나는 지금 계단을 내려가고 있다. 나는 계단을 내려가며 mon oncle jacques tati라고 발음해본다. 나는 지금 계단을 내려가고 있다. 나는 계단을 내려가며 묵호, 정라진, 근덕, 옥계라고 발음해본다. 나는 지금 계단을 내려가고 있다. 나는 계단을 내려가며 소리가 만드는 형상에 대해 생각하지 않았다. 그것은 지금 생각한 것이다. 나는 계단을 내려가며 sade bastille 라고 발음해본다. 나는 지금 계단을 내려가고 있다. 나는 지금 계단을 내려가고 있다. 나는 계단을 내려가며 gil wolman l'anticoncept라고 발음해본다. 나는 지금 계단을 내려가고 있다. 나는 계단을 내려가며 brion gysin beat hotel이라고 발음해본다. 나는 지금 계단을 내려가고 있다. 나는 계단을 내려가며 gertrude stein bee time vine이라고 발음해본다. 나는 계단을 내려가고 있다. 나는 계단을 내려가며 tarkos le baroque라고 발음해본다. 나는 계단을 내려가고 있다. 나는 계단을 내려가며 montevideo isidore ducasse라고 발음해본다. 나는 계단을 내려가고 있다. 나는 계단을 내려가며 토마토가 익어가는 계절이라고 발음해본다. 나는 지금 계단을 내려가고 있다. 나는 지금 계단을 내려가고 있다. 아무 생각 없이. 나는 지금 계단을 내려가고 있다. 아무 생각 없이. 커피 잔을 들고. 옛날의 매미 소리를 들으며. 한낮의. 한밤의.

넷
—이두성에게

넷은 낮은 언덕의 중턱에 서 있었다. 한쪽으로는 나무 층계가 있고 그 반대쪽에는 축대가 있고 언덕의 끝에는 하얀 집이 있고 언덕의 아래는 길이었다. 하얀 집의 뒤에는 높지 않은 산이 있었다. 가을이었다. 단풍이 울긋불긋했다. 울긋불긋보다 단풍을 더 잘 묘사할 수 있는 말은 좋았다뿐이다. 넷이 언덕의 중턱에 서 있었다. 넷은 담배를 피웠다. 하나는 트렌치코트에 부츠를, 둘은 트렌치코트에 구두를, 셋은 코트에 구두를, 넷은 점퍼에 운동화를 신고 있었다. 구두에 대해 말하고 싶었다. 부츠에 대해 말하고 싶었다. 층계 위에서 아래로 사람들이 내려왔고 때로는 층계 밑에서 층계 위로 사람들이 올라갔다. 넷은 말을 하지 않았다. 하나가 먼저 손을 흔들며 언덕 아래로 내려갔다. 넷은 먼저 언덕 위로 걸었다. 둘과 셋이 그 뒤를 따랐다. 어떤 사람들이 넷에게 인사한다. 셋에게도 인사한다. 둘에게 인사하는 사람은 없다. 둘과 셋과 넷은 하얀 집으로 들어간다. 둘과 셋과 넷은 층계를 오른다. 발코니에서 언덕 아래를 바라보며 담배를 피운다. 하나가 사라진 길을 바라보면서. 울긋불긋한 나무들을 바라보면서. 흐린 가을 하늘을 바라보면서. 둘이 먼저 층계를 내려간다. 셋이 층계를 내려간다. 넷이 층계를 내려간다. 둘이 언덕의 중턱에 섰다. 셋이 언덕의 중턱에 섰다. 넷이 언덕의 중턱에 섰다. 넷이 먼저 언덕을 내려간다. 둘과 셋은 넷을 따라 언덕을 내려간다. 떨어진 은행나무 잎, 튤립나무 잎, 단풍나무 잎, 버드나무 잎이 길 위에 쌓였다. 어떤 이파리들은 바람에 날린다. 둘과 셋과 넷은 하나가 사라진 방향을 보고 서 있다가 하나가 사라진 방향과 다른 방향으로 각자 걸어갔다. 하나와 둘과 셋과 넷은 그날 그렇게 헤어졌다. 가을이었고 하늘빛은 흐렸다. 단풍이 울긋불긋했다. 하나와 둘과 셋과 넷은 그날 같은 곳에 있었다.

놀이터와 고양이와

―박지혜에게

놀이터가 있다. 놀이터에는 풀이 자라고 있다. 놀이터에 아이들이 없다. 놀이터가 있다. 놀이터에는 고양이들이 있다. 고양이가 하나 둘 셋 넷 다섯 여섯 일곱 여덟 아홉 있다. 그러다가 고양이가 하나 둘 셋 넷 다섯 여섯 일곱 있다. 그러다가 고양이가 하나 둘 셋 넷 다섯 여섯 있다. 그러다가 고양이가 하나 둘 셋 넷 다섯 여섯 일곱 여덟 아홉 열 열하나 열둘 있다. 고양이가 뛴다. 고양이가 앞발을 들었다 내려놓는다. 고양이가 벤치 위에 앉아 있다. 고양이가 벤치 밑에 누워 있다. 고양이가 뒹군다. 고양이가 달린다. 고양이가 뒤를 돌아본다. 고양이가 입을 벌린다. 고양이가 땅을 판다. 고양이가 한 곳을 응시한다. 고양이가 하나 놀이터를 벗어난다. 고양이가 둘 놀이터를 벗어난다. 고양이가 없다. 해가 진다. 어둡다. 고양이들은 버드나무 밑으로 사라졌다. 나는 너와 벤치에 앉아 있다. 너와 나는 놀이터를 벗어난다. 놀이터는 사라진다. 우리는 길을 간다. 개망초가 피고 한삼덩굴이 뻗는다. 벚꽃이 필 것이다. 사랑한다.

오늘의 날씨

― 김태용에게

스칸디나비안 클럽 정원의 위성류는 열한 그루다. 아닐 수도 있다. 잔디밭 상공을 곤줄박이가 횡단했다. 딱새일 수도 있다. 월요일이라 한적했다. 모텔 로제에는 악상이 빠졌다. 모든 건물의 골조가 보일 때가 있다. 사철나무는 빨간 열매를 달기 시작했다. 산수유도 그렇고 어쩌면 구기자도 그럴지 모른다. 산책로의 수크령은 점점 진한 색을 띤다. 개 꼬리 같다. 원조 족발집은 봤어도 시조 족발집은 처음 봤다. 신라 호텔 입구의 영빈관 글씨는 누가 썼을까. 으루나무는 삼나무이고 고지새는 밀화부리이고 티티새는 개똥지빠귀이다. rocambole은 마늘의 일종이기도 하지만 소설의 주인공이기도 하다.

하루
— 최하연에게

정적. 가을. 집을 나서다. 걸었다. 버스에 탄다. 창밖을
본다. 버스에 오르는 사람들을 본다. 의자에 앉은 사람들
을 본다. 의자에 앉는 사람들을 본다. 창밖을 보다가 책
을 본다. 책을 보다 창밖을 본다. 교토의 가을. 정적. 가
을. 나는 집을 나섰다. 내가 가려는 곳은 광화문. 나는 프
레지던트호텔 근처에서 내리는 것을 잊고 한 정거장 더
가서 내린다. 덕수궁. 성공회성당을 지나 부민관을 지나
코리아나호텔을 지나 국제극장을 지나. 공중전화. 세종
문화회관의 계단. 박정희의 글씨. 정지용을 읽는 구리 사
나이. 세종문화회관의 화장실. 윤동주를 읽는 구리 아가
씨. 이팝나무. 자판기 커피. 나는 나쓰메 소세키를 들고
서성거린다. 나는 시인을 기다린다. 시인은 늦는다. 나는
공원의 나무들을 다 본다. 이팝나무. 청단풍. 소나무. 메
타세쿼이아. 백목련. 장미나무. 은행나무. 이팝나무. 이
팝나무. 이팝나무의 꽃을 보고 그 해 벼농사를 점치다.
이팝나무. 이팝. 흰 꽃. 이팝나무. 이팝. 그가 왔다. 우리
는 평가옥으로 들어간다. 온반과 냉면. 둘 다 결막염에
걸렸으니 술은 없다. 다음엔 어복쟁반에 술을 마시리라.

140

우리는 평가옥에서 나온다. 나무사이로. 아메리카노. 테이크아웃. 알록달록한 커피의 이름들. 휘황찬란한 국명들. 에티오피아. 파나마. 에콰도르. 페루. 경회루. 추수부용루. 사시향루. 루. 그가 사무실로 들어가 배드민턴 라켓과 셔틀콕과 네트를 가지고 나온다. 우리는 사직공원으로 향한다. 사직단. 마음에 든다. 우리의 선배들은 품위가 있다. 그럴 때가 있다. 왕이 신하를 걱정하여 조기 두 마리와 꿀 한 단지를 보낸다. 어쩔 수 없는 품위. 종묘와의 비교. 종로 도서관. 퇴계와 사임당의 거리 약 40미터. 게이트볼. 게이트볼 치는 소리. 게이트볼의 탄생지는 일본이다. 게이트볼은 크로케의 변형이다. 크로케는 이상한 나라의 앨리스에 자세하다. 일본목련과 후박나무는 다른 것이다. 우리는 배드민턴을 한다. 노인들. 아이들. 광인. 무숙자들. 관광객들. 등산객들. 연인들. 광인만이 단수로 있다. 한 남자가 가게 옆에 앉아 막걸리를 마신다. 서울막걸리. 가을. 공원관리인들이 은행을 털고 있다. 쏟아지는 은행. 은행의 냄새. 남자들은 털고 여자들은 줍는다. 사직단. 사직. 공원을 나선다. 담배를 피우며.

후파와 에쎄라이트. 광인과 우리는 종이 한 장 차이도 아니다. 나는 경복궁역으로 그는 사무실로. 전철. 다리를 건너기 전에 시 한 편을 읽는다. 괴물 같다라는 표현으로 가득한 시를 읽는다. 한강. 낙조. 집으로 들어간다. 조용하다. 책상 위에 메모가 있다. 이준규! 집에 오면 내 핸드폰으로 전화 줘. 빨리 들어오진 않는군…… 박지혜. 나는 메모지 뒤에 다시 메모한다. 2010. 10. 28. 木. 하연. 세종문화회관 공원. 이팝나무. 나쓰메 소세키. 평가옥. 나무사이로. 사직단. 배드민턴. 경복궁역. 다시 정적. 가을. 오늘 아침에 내가 시를 썼던가. 언제 어디서든 시를 쓸 수 있으리라는 도취 속에서 아무것도 쓰지 못하고 있는 것인가. 오늘 아침에 쓴 시에는 77번 국도, 빈 추위, 라는 단어들이 있다. 정적. 가을. 마량항 앞의 까막섬에 있는 식물은 다음과 같다. 후박나무, 상수리나무, 굴참나무, 팽나무, 꾸지뽕나무, 초피나무, 개산초, 찔레나무, 검양옻나무, 예덕나무, 푸조나무, 소나무, 배풍등, 노박덩굴, 계요등, 청가시덩굴, 청미래덩굴, 담쟁이덩굴, 개머루, 댕댕이덩굴, 인동덩굴, 갯개미취, 갯능쟁이, 나

142

문재, 갯메꽃, 갯질경이, 모새달, 민땅비싸리, 풀싸리, 맥
문아재비, 콩짜개덩굴……

흐르는 너

너는 흐른다. 너는 흐르는 너다. 너의 노래는 흐른다.
별처럼. 구름처럼. 하늘처럼. 귀뚜라미처럼. 이름 모를 벌
레처럼. 달개비처럼. 질경이처럼. 너의 생각처럼. 산제비
나비처럼. 까마귀처럼. 백로처럼. 말벌처럼. 너의 노래는
흐른다. 이것은 노래인가. 이것은 노래이다. 이것은 노래
가 아니다. 너는 두리번거린다. 너는 다시 고개를 든다.
무릇. 무릇 앞의 벤치. 무릇밭. 달개비밭. 등에의 비행. 너
는 집을 나선다. 너는 오늘 북악산의 이항복 별장 터가 있
는 백사골에 가려고 한다. 너는 그 근처에 살던 시인 송승
환에게 전화하여 길을 묻는다. 너는 이제 집을 나서려고
한다. 너는 어떻게 집을 나섰는지 생각해본다. 너는 밥을
먹고. 너는 고등어자반을 주된 반찬으로 밥을 먹고. 오징
어젓을 씹으며. 너는 아이들 축구하는 것을 텔레비전으로
보며. 동티모르 아이들의 유연한 움직임에 고개를 끄덕이
며. 너는 밥을 먹는다. 너는 밥을 먹고 이를 닦고 물을 마
시고 오줌을 누고 바지를 입고 양말을 신고 주머니 달린
상의를 입고 노트와 펜을 들고 집을 나선다. 신발을 신고.
맨발로 나가지 않고. 신발을 신고. 너는 문을 열고 나간

다. 너의 그 형이상학적인 문을. 형이상학이 없어도. 형이 상학 없이. 문을 밀고. 너는 나간다. 너는 나가 문을 닫고. 열쇠로 문을 잠그고. 너는 복도를 걸어 계단을 내려가 거리로 나간다. 너는 떡값 명목으로 3000원에서 7000원으로 변경된 반상회비를 나중에 내기로 하고 길을 나선다. 너는 파출소 앞에 이르러 전철역으로 갈 것인지 버스 정류소로 갈 것인지 망설인다. 너는 선글라스를 꺼내 쓴다. 너는 버스를 택한다. 너는 지금 버스를 기다린다. 너는 사당동에서 풍납동을 오가는 4318 버스를 타고 한 정거장을 가 압구정역에 내린다. 너는 전동차를 타고 압구정역에서 경복궁역으로 이동한다. 너는 경복궁역 3번 출구로 나와 버스를 기다린다. 너는 통인동이나 통의동 골목으로 들어가고 싶은 마음을 외면하려 애쓰며 구산동에서 조계사를 오가는 7022 버스에 오른다. 너는 지금 세검정으로 가고 있다. 너는 궁정동을 지나 자하문을 향해 간다. 너는 아직 궁정동의 칠궁 터에 가보지 않았다. 너는 윤동주 기념관을 보고 청계천 발원지 표석을 본다. 너는 아직 버스 안에 있다. 너는 상명대 앞에서 내린다. 너

는 세검정을 향한다. 너는 세검1교를 건너 세검정 앞에
선다. 너는 안내판을 읽는다. 너는 그 판에서 세초라는
말을 배운다. 세초는 실록을 편찬한 후 모든 초고를 없애
는 일이다. 종이를 아끼기 위해 물에 씻었다. 묵흔은 홍
제천에 씻겨 흘러갔다. 세검정은 칼만 씻던 곳이 아니었
다. 너는 세검정 앞 홍제천에 와 있는 배가 노란 할미새
와 발이 노란 백로를 본다. 너는 다시 세검1교를 건넌다.
너는 세검정성당 앞에 선다. 너는 성모상을 바라본다. 너
는 성모의 얼굴을 유심히 본다. 너는 세검정성당의 십자
가의 길을 오른다. 너는 세검정성당의 십자가의 길을 내
려온다. 너는 예수를 생각하지 않고 건축을 생각한다. 너
는 예수를 생각하지 않고 계단을 생각한다. 계단 옆의 밭
은 보기에 좋았다. 멀리 토란밭이 보였고 노부부가 무엇
인가를 다듬고 있었다. 느티나무 아래서. 너는 홍제천을
따라 올라간다. 너는 어떤 바위 앞에 선다. 불암이라고
과감하게 쓴 글씨를 본다. 부처 바위다. 너는 그 바위 뒤
의 불암의 유래를 읽는다. 너는 좁은 골목을 올라간다.
너는 처음부터 혼자가 아니다. 너는 지금 시인 박지혜와

함께 있다. 박지혜는 지금 어지럽다. 너는 백사실이 멀지 않았다고 말한다. 박지혜는 십자가의 길로 충분하다고 말하며 깔깔깔 웃었다. 박지혜는 개미가 나방을 옮기는 것을 유심히 보았다. 박지혜는 빠르다, 라고 중얼거린다. 십자가의 길에서. 예수가 십자가를 옮기는 것을 바라보는 것처럼. 너는 삼각산 현통사 앞에 이르렀다. 너는 바위 위를 흐르는 홍제천을 건너 숲으로 들어간다. 너는 안내판을 다시 읽는다. 내사산은 인왕산, 북악산, 남산, 낙산을 말한다. 이곳에는 느티나무, 상수리나무, 산벚나무, 소나무, 아까시나무, 오색딱따구리, 도룡뇽, 산개구리, 무당개구리, 가재, 다슬기가 있다. 조금 걸으니 바로 백사실이다. 너는 초행이 아니다. 너는 송승환, 최하연, 이두성과 동행한 일이 있다. 너는 이곳에서 배드민턴을 했다. 안채 자리에서. 너는 박지혜에게 그 장소를 설명한다. 이곳은 사랑채, 이곳은 안채, 이곳은 우물, 이곳은 연못, 이곳은 정자. 플래카드가 보기 흉하다. 한 남자가 한유주가 키우던 개와 같은 종의 개를 데리고 왔다. 그는 그 개에게 반복하여 앉으라고 말한다. 엄한 어조로. 그 개는 앉지 않는다. 남자의 손에는 소시지가 들려 있다. 너는 동네 개를 혼내는 김용옥을 보았다던 정영문을 떠올렸다. 정영문은 이상한 광경을 자주 목격하는 것 같다. 너는 박지혜를 그곳에 남기고 다시 내려간다. 물과 게토레이와 초콜릿을 사기 위해서. 너는 다시 홍제천을 건너현통사를 지나 골목을 지나(어린이집이 있었다) 불암을지나 구멍가게에 들어간다. 구멍가게의 이름은 기록하지 못했고 잊었다. 너는 구멍가게에서 게토레이, 삼다수, 가나초콜릿, 카스맥주를 산다. 너는 홍제천 앞에서 담배를 피우고 다시 백사실을 향해 간다. 너는 길에서 새끼얼룩 고양이 한 마리를 만난다. 너는 새끼 고양이에게 윙크한다. 너는 백사실에 도착한다. 박지혜는 벤치에 앉아무언가를 쓰고 있다. 너는 박지혜 옆에 앉아 맥주를 마신다. 박지혜는 게토레이를 마신다. 너는 연못을 본다. 너는 나무 사이로 보이는 해를 본다. 너는 날아온 백로를보고 날아가는 까마귀를 본다. 너는 네가 모르는 날벌레들에게 물린다. 너는 물린 곳을 긁는다. 너는 맥주를 다마셨다. 너는 일어나 자하문 방향으로 간다. 도중에 누리

장나무에 꽃이 핀 것을 본다. 너는 누리장나무의 향이 좋
다고 느낀다. 너는 숲을 벗어난다. 너는 언덕을 내려간
다. 너는 어느덧 부암동 클럽 에스프레소 앞에 선다. 너
는 치어스 앞에서 닭에 맥주를 마실 것을 생각한다. 너는
클럽 에스프레소로 들어가 오줌을 누고 할인 판매 중인
커피 중에서 코스타리카와 인도네시아 만델린을 산다.
너는 방금 인도네시아 만델린을 두 잔 마셨다. 무언가 빈
듯하면서 시원한 맛이 있다. 클럽 에스프레소에서 취급
하는 커피를 생산하는 나라는 다음과 같다. 에티오피아,
케냐, 예멘, 탄자니아, 우간다, 콜롬비아, 브라질, 과테말
라, 코스타리카, 멕시코, 니카라과, 파나마, 도미니카, 온
두라스, 엘살바도르, 볼리비아, 페루, 과테말라, 인도네
시아. 너는 이 나라들의 피파 랭킹을 생각한다. 너는 이
글을 멈추고 담배를 피우러 층계참으로 나갈 것이다. 네
가 오늘 산 담배는 말보로 골드 터치다. 너는 맥심 커피
믹스를 마시며 담배를 피운다. 너는 달을 본다. 달은 아
차산 쪽으로 떴다. 플라타너스 위로. 구름이 달을 가린
다. 금성은 멀리 있다. 달은 하현에서 그믐을 향하고 있

다. 너는 검은 복도를 본다. 너는 검은 복도의 아가리를 본다. 너는 문을 열고 다시 세말재로 들어온다. 너는 토마스와 친구들 방석이 깔린 쪽걸상에 앉아 다시 쓴다. 너는 클럽 에스프레소를 나와 나무 바닥 테라스에서 담배를 한 대 피운다. 어린 자작나무가 있고 세열단풍나무가 있다. 너는 창의문을 보러 간다. 창의문은 북소문에 해당하는 곳이다. 자하문이라고도 한다. 안내하는 여자가 열쇠로 문루의 문을 열어준다. 너는 루에 오른다. 너는 루에 올라 루를 생각한다. 창의문 글씨는 너의 마음에 든다. 너는 이렇게 말한다. 글씨는 저렇게 쓰는 거야. 너는 나무 전봇대를 보고 미소 짓는다. 너는 잣나무 꼭대기에서 흔들리고 있는 청설모를 보고 미소 짓는다. 너는 규정을 어기고 문을 열어준 안내인에게 인사하고 창의문을 떠난다. 떠나며 너는 기 드보르의 삶과 죽음을 생각한다. 너는 부암동주민센터로 향한다. 너는 지금 안평대군 이용의 별장 터를 보려고 한다. 너는 현진건 집터 앞에 선다. 너는 집터로 들어간다. 오래된 느티나무가 한 그루 있고 보통의 칠엽수가 두 그루 있다. 너는 모종의 쓸쓸함을 느끼고 안평대군을 찾아 그곳을 떠난다. 너는 언덕의 샛길로 접어든다. 너는 현진건 집터 위의 옛집을 발견한다. 너는 손가락으로 가리키며 저 집 좀 봐, 라고 말한다. 집이 예사롭지 않다. 너의 마음에 쏙 드는 집이다. 너는 다시 현진건 집터 앞에 선다. 이번에는 다른 샛길로 접어든다. 너는 안평대군의 집 앞에 이른다. 네가 아까 감탄했던 그 집이다. 철문은 닫혀 있고 중부수도사업소가 붙인 수도계량기미검침안내라는 하얀 종이가 붙어 있다. 너는 철문 사이로 집을 본다. 집 안의 바위에 무계동이라는 글씨가 새겨져 있다. 이 장소는 안평대군이 꿈에서 본 무릉도원이라는 설명이 있다. 그렇다면 안견의 몽유도원도의 도원이 부암동이란 말인가. 너는 안평대군을 추모하며 그곳으로부터 멀어진다. 너는 다시 현진건 집터 앞에 선다. 너는 다시 처음의 샛길로 올라가 이용의 집을 본다. 저곳은 귀신이 모이는 곳이다. 저곳은 귀신이 모이는 곳이다. 저곳이 귀신이다. 저것이 바로 귀신이다. 너는 다시 언덕을 오른다. 너는 영어문법첩경의 저자인 윤치호의 부친의 별장인 반계 윤웅렬 별서를 보러 간다. 리

모델링 중이다. 너는 버려진 이용의 집과 새롭게 꾸미고 있는 윤웅렬의 집을 비교한다. 너는 대한민국 문화재 관리의 처참을 생각한다. 유홍준은 도대체 무엇을 했는가. 박지혜가 한마디 한다. 할 일이 많았겠지. 너는 집에 가서 현진건을 읽기로 하고 현진건 집터를 떠난다. 집에 오니 현진건의 단편집을 누군가에게 주었다는 것을 안다. 너는 현진건의 책을 다시 사기로 한다. 너는 몽유도원도의 복제화를 구하기로 한다. 너는 언덕을 내려오며 바위에 새긴 청계동천이라는 글씨를 본다. 너는 아까 백사골 바위에 있던 백석동천을 기억해낸다. 그렇다면 백사실 별서는 백석동이었고 안평대군 별서는 청계동이었다는 말이다. 너는 바위를 믿기로 한다. 하지만 이용은 그곳을 무계동이라고 칭했다. 그러면 그곳은 무계동이다. 너는 안평대군에게 끌린다. 너는 다시 부암동주민센터 앞에서 버스를 기다린다. 너는 지난 산행에 동행했던 정영문, 강성은, 김태용을 떠올린다. 너는 정릉에서 종로를 오가는 1020번 버스에 오른다. 너는 창의문을 지나 자하문고개를 지나 궁정동을 지나 효자동을 지나 체부동 토속촌 앞에서 내린다. 너는 토속촌 앞에 내려 토속촌 옆 골목에서 함께 밥을 먹은 최하연, 김종호, 허남준, 김태용, 한유주를 떠올린다. 너는 횡단보도 앞에 선다. 너는 횡단보도를 건너 통의동 골목으로 들어간다. 너는 강구를 내세운 간판을 본다. 너는 그곳에서 물회를 먹을 생각을 한다. 너는 며칠 전에 남현동 서울시립미술관 남서울분관 뒤에서 함께 물회를 먹은 이승원 생각을 한다. 너는 다시 삼척을 떠올린다. 물회의 맛을 처음으로 느끼게 해준 사람은 이인성이다. 그전에도 먹어는 봤다. 그러나 물회가 그렇게 편하게 맛있는 음식인 줄은 그때 알았다. 물회를 함께 먹은 사람은 최하연, 한유주다. 너는 서십자각에 이른다. 너는 경복궁의 시원한 담에 만족하며 해치를 향해 걷는다. 너는 해치를 유심히 본다. 너는 광화문 글씨를 다시 본다. 너는 바뀐 광화문 글씨를 좋아한다. 너는 박정희의 글씨를 좋아하지 않는다. 그의 글씨는 면장의 글씨다. 그의 글씨에는 왜색이 짙다. 왜색은 왜인으로 족하다. 왜인의 왜색은 당연하다. 그러나 조선인의 왜색은 보기에 좋지 않다. 바쇼의 하이쿠가 아무리 좋아도 어떤 조선인이 바쇼의 하이쿠를 흉내 낸다면 그건 부끄러운 일이다. 하지만 삶은 부끄러운 것이기도 하다. 부끄러울 수도 있다. 아무튼 나는 박정희의 글씨가 도처에 있는 것이 별로 기쁘지 않다. 나는 남산 제1호터널을 지날 때마다 박정희의 남산 제1호터널 글씨를 본다. 그 글씨는 터널에는 어울린다. 그러나 광화문에 걸 수 있는 글씨가 아니다. 이것이 나의 소견이다. 지금의 광화문 글씨에는 태연함이 있다. 너는 다시 담배를 피운다. 너는 어쨌든 이 흐름을 우선 멈추어야 한다. 자, 다시 멈추기 위해 다시 흘러간다. 너는 동십자각에 이른다. 늦은 시간이라 동십자각의 탄흔은 보이지 않는다. 너는 중학동 쪽을 잠시 본다. 너는 횡단보도를 건넌다. 너는 상을 받던 김태용과 한유주를 떠올린다. 너는 두가헌을 지난다. 너는 건축가 최욱과 장욱진을 생각한다. 너는 금호 갤러리를 지나간다. 너는 네가 김혜순의 시를 읽던 날을 떠올린다. 너는 여기를 떠난 이영유 시인을 떠올린다. 그와 나란히 서서 오줌을 누던 일을 떠올린다. 그의 웃음을 떠올린다. 너는 한성부 북부 관아를 지난다. 너는 프랑스 문화원이었다가 폴란드 대사관이 된 건물 앞을 지난다. 너는 사간원 앞 청요리집 연춘관을 바라본다. 너는 연춘관에 들어간 기억이 없다. 대신 연춘관 건물 2층에 있던 카페에서 맥주를 마신 기억을 가지고 있다. 누구와 함께 있었는지는 기억나지 않는다. 너는 기무사를 지나간다. 너는 기무사 건물의 묘함에 대해 생각한다. 너는 우뚝 솟은 회화나무를 본다. 기무사와 회화나무는 어울리지 않는다. 너는 규장각을 지난다. 너는 횡단보도를 건넌다. 너는 학고재에 이른다. 너는 다시 최욱 소장을 생각한다. 너는 그와 마신 싱글 몰트 위스키와 그가 기르는 두 마리의 진돗개를 떠올린다. 너는 그와 함께 그의 집 지붕에 오른 일이 있다. 너는 이제 삼청동 길로 들어간다. 너는 소격서 앞에 선다. 너는 느티나무 아래 있다. 횡단보도를 건넌다. 너는 삼청동수제비로 들어간다. 너는 동동주 없이 수제비만 먹는다. 너는 총리공관 앞에서 마을버스를 기다린다. 너는 서울역으로 향하는 11 버스에 탄다. 너는 덕수궁 앞에 내린다. 너는 시청의 시계를 흘깃 보고 플라자 호텔을 바라본다. 너는 서대문 방향으로 들어선다. 너는 파리

바게트 앞에서 직박구리 새끼가 그물에 걸려 있는 것을 본다. 한 여자가 그물에서 직박구리를 벗어나게 돕는다. 직박구리 어미는 어쩔 줄 모르며 짖는다. 너는 그 장소를 벗어난다. 네가 할 수 있는 일은 없다. 그 여자는 너보다 직박구리에 대해 더 잘 아는 것 같았다. 너는 횡단보도를 건넌다. 나는 주머니에서 사탕을 꺼내 빨기 시작한다. 너는 개포동에서 신촌을 오가는 버스에 오른다. 너는 명동의 카페 마리를 지난다. 너는 카페 마리를 보고 그 옆의 니꼬스시를 본다. 너는 니꼬스시 옆 골목을 본다. 너는 포탈라를 떠올린다. 너는 축구팀 새날을 떠올린다. 너는 축구팀 새날 유니폼에 쓰인 신영복의 글씨를 떠올린다. 너는 다시 불 켜진 카페 마리를 본다. 너는 이틀 후에 카페 마리에서 시를 낭송할 이제니의 얼굴을 떠올린다. 너는 이틀 후에 카페 마리에 가지 않을 것이다. 아마도. 너는 내일 이제니를 만날 것이다. 너는 남산 제1호터널을 지나고 있다. 너는 한남대교를 건너고 있다. 너는 성수대교 남단 사거리를 지나 버스에서 내린다. 너는 편의점에 들어가 담배 네 갑을 산다. 너는 빵가게에 들어가 아이스

156

캔디를 산다. 너는 경비실 앞을 지나간다. 경비가 책을 준다. 창작과비평 153. 너의 시 두 편이 있다. 너는 너의 시만 읽고 창작과비평 153을 서가에 쌓아둔다. 이제 이 글을 끝내야 한다. 무계정사. 정사란 정신을 수양하는 집을 말한다. 안평대군은 수도검침을 거부했다. 너는 이제 여기에서 우선 이 글을 끝낸다. 너는 이 글을 다시 읽을 것이다. 너는 이 글에 손을 댈 것이다. 너는 이 글을 지금 여기에서 멈춘다. 너는 내일 다시 흐를 것이다. 너는 이제 잠자리로 간다. 너는 곧 잠에 이를 것이다. 너는 내일 다시 어떤 것을 쓸 것이다. 아무 생각 없이. 너에게는 애초에 정신이 없었음으로. 너는 그저 흐르는 너일 뿐이다. 너는 흐르는 너를 쓴다. 네가 무엇인지 모르면서. 너는. 쓴다. 쓰고 있는 너는. 있다. 없지 않다. 너의 노래는 계속 흐를 것이다. 흐른다. 흐르는 너는 행복할 것이다. 흐르는 너는 슬플 것이다. 부유하는 해파리처럼.

삼척

—이인성 선생께

그는 동호대교를 건넌다. 그는 버스를 타고 동호대교를 건넌다. 다리 아래로는 강이 흐른다. 강에는 추억이 많다. 강에는 다른 것도 많다. 강은 무한이다. 강 위로는 다리가 있고 그 다리 위로 차들이 달리거나 멈춰 있다. 그는 동호대교 위를 달리는 버스 안에 있다. 앉아 있다. 그는 왼쪽 창밖을 보다가 오른쪽 창밖을 본다. 다른 다리를 보고 강 위에 떠 있는 물새들을 보고 텅 빈 강변의 축구장을 보고 예전에 살던 동네를 보고 멀리 남산을 본다. 다른 것도 본다. 광고판, 초소, 다리 위를 걷는 노인, 버스를 기다리는 노파, 보트, 유람선, 구름, 파란 구름, 아니 하얀 구름, 너의 얼굴, 그의 얼굴, 그녀의 얼굴, 너의 뒤통수, 너는 어디에, 그는 강을 건넜다. 그는 평양면옥의 정면을 유심히 본다. 그는 김수근의 작품이라는 경동교회도 유심히 본다. 그는 특히 한글로 달아놓은 작은 경동교회 문패를 좋아한다. 그는 김수근의 위상과 김중업의 위상을 헷갈린다. 외우지 않기 때문이다. 그는 동호대교를 건너 장충체육관과 태극당을 지나 경동교회와 평양면옥을 지났다. 지나면서 여자배구를 보러 가야겠다는 생각을 했고 태극당에서 빵 몇 개를 사서 아버지와 장인에게 같은 개수의 빵을 나눠주어야겠다는 생각을 했고, 왜냐하면 둘은 동갑이니까. 경동교회에 한 번은 들어가봐야겠다는 생각을 했고, 그건 약현성당에 들어가보아야겠다는 생각보다는 자주 하는 생각이 아니고, 약현성당에는 멋진 파이프 오르간이 있다던데, 왜 노트르담 성당에는 안 들어가봤을까 생각했고, 평양면옥을 지나면서는 평양면옥은 우래옥보다는 못할 것이라는 생각을 했고, 하지만 어복쟁반은 뛰어나다는 소리를 들었는데 그것도 남포면옥보다는 못할 것이라고 생각했는데 근거는 없다. 그는 그가 가보지 않은 곳을 경시하려는 속성이 있다. 그는 이어서 동대문운동장지를 지나며 야구 보러 다니던 생각을 했고, 트랙을 뛰던 생각을 했다. 그가 태어나기 전에는 그곳에서 낫 등을 팔았다고 했고 장관이었다고 했다. 그는 왼쪽으로 고개를 돌려 국립의료원 쪽을 바라보았고, 국립의료원의 정원과 스칸디나비안 클럽을 생각했다. 스칸디나비안 클럽이 사라지기 전에, 그는 루와 함께 스칸디나비안 클럽에 가야겠다고 생각했다. 그는 홍인지문을 지나고 있다. 홍인지문이라. 홍인지문은 홍인지문. 오른쪽의 이화동. 이화장. 왼쪽의 충신시장. 해 질 녘, 바람 불던 날, 그는 충신시장을 걸었다. 특이한 간판. 대장금토탈패션. 대학로. 서울대 문리대 앞. 하차. 횡단보도를 뛰어 건너. 학림. 학림은 이제 다락층을 제외하곤 금연이다. 음악 소리도 작다. 쏟아지는 몰다우 강, 같은 것을 느낄 수는 없다. 커피는 나쁘지 않다. 학림을 지나 조금 걷다가 내부 수리 중인 마리안느를 지나 언덕을 오르다. 그는 곧 다시 동호대교를 건너게 될 것이다. 그는 삼척으로 떠나기 위해 약속 장소로 가고 있다. 그는, 그가 아니라면, 그러나 그는, 언덕을 올라 언덕의 정점, 그 정점의 아래로 정확함을 가지고, 정확하게, 조금, 조금씩, 조금만, 내려가서 숫자를 누른다. 407. 응답 없음. 차 한 대가 주차장으로 들어온다. 주차장. 주차하는 마당. 차를 머무르게 하는 마당. 수레를 머무르게 하는 마당. 수레 한 대가 둔덕을 이룬 수레를 머무르게 하는 마당으로 들어와 멈춘다. 주차되었다. 그는 주차장으로 마치 안회가 공자에게 접근하듯이 접근하여 수레 안에 앉은 그에게 인사한다. 바람은 찼다. 건물. 건물에서 그가 내려왔다. 셋은 건물 쪽으로 얼굴을 향하고 담배를 피우다. 신년 인사 교환. 그가 커피 네 잔을 들고 등장. 착석. 안전띠를 맴. 그가 귤과 찹쌀떡을 권함. 먹다. 떡고물을 흘리며 먹다. 언덕을 내려가는 수레. 그들은 다시 동호대교를 건넌다. 다리 아래에는 물. 물 위에는 다리. 다리. 다리. 다리. 그들은 지금 고속도로 위를 달리고 있다. 침묵. 그가 테이프를 밀어 넣는다. 테이프가 들어가는 틈으로. 틈, 구멍, 조금 벌어진 틈, 균열, 상처, 협곡, 크레바스, 사이, 균열, 한대수, 비틀즈. 국도의 전문가. 그, 그들, 그것. 그는 졸린다. 그는 눈이 부시다. 너무 졸려요. 자라. 산, 산의 눈, 눈의 산, 나무, 봄을 기다리는 나무, 강, 남한강, 하안, 하품, 하늘. 담배를 피우며, 커피를 마시며. 그들은, 정면을 보거나 좌우를 바라본다. 그는 선글라스를 손에 잡은 후 얼굴로 가져가 쓴다. 그도 선글라스를 가져와야 했다. 그가 담배를 피울 때마다 그도 담배를 피운다. 그는 담배를 한 달 전에 끊었고 그는 담배를 아주 가끔 피운다. 그가 말한다. 차를 멈추지요. 차는 멈춘다. 그들은 식당으로 가는 문상객처럼 변소로 간다. 그들은 고속도로 위에 있다. 그들은 고속도로 위의 자동차 안에 있다. 그 자동차는 달리고 있고 그들은 앉아서 담배 피우고 노래 듣고 졸면서 빠른 속도로 이동하고 있다. 그들은 지금 강릉의 초당으로 향하고 있다. 눈이 내리기 시작한다. 설국을 기대하며 굴을 통과한다. 그는 지금 그가 있는 곳의 높이를 생각했다. 설국은 없을 것이다. 다만 두부가 있을 것이다. 그는 차에서 내린다. 그는 차에서 내린다. 그는 차에서 내린다. 그는 차에서 내린다. 그는 오죽을 본다. 그는 그에게 이리 와봐 여기 오죽이 있어라고 말한다. 그는 말없이 오죽을 본다. 그는 식당 앞 안내판 앞에 서 있다. 이리 와봐 이걸 읽어봐. 그는 그걸 읽는다. 초당 두부의 유래. 그는 식당으로 들어간

다. 그는 변소로 간다. 그는 식당으로 들어간다. 그는 담
뱃불을 끄고 식당으로 들어간다. 그는 앉는다. 그는 앉는
다. 그는 앉는다. 그는 앉는다. 두부, 순두부, 막걸리. 그
들은 식당을 떠난다. 그들은 옥계 해변에 이르러 차를 멈
추고 방뇨한다. 옥계 해변은 그가 어린 시절 자주 가던
해변이다. 사진. 그들은 방뇨 후에 해신당을 향해 간다.
해신당. 슬픈 사랑 이야기. 나무로 된 수많은 자지들. 여
기도 자지. 저기도 자지. 풍광을 망치는 자지들. 살풍경
의 전문가들. 자지들. 자지대포. 올라가지 마시오. 자지
위에. 해신당. 그들은 해신당 옆 삼척어촌전시장에 들어
간다. 그들은 삼척어촌전시장을 나와 해변으로 간다. 바
다. 바다. 바다. 바다. 사진. 그들은 정라진항으로 간다.
정라진은 그의 이모가 살던 곳이다. 정라진. 젓갈을 연상
시키는 정라진. 적나라한 정라진. 정라진 이모. 본 적이
없는. 어쩌면 보았을. 정라진 이모. 그들은 해금횟집민박
에 숙소를 정한다. 방 두 개. 그들은 술을 마신다. 도다리
회. 대게로 게장을 담았다. 그가 좋아하다. 그가 좋아하

다. 그가 좋아하다. 그가 특히 좋아하다. 선생님 잡수세
요. 왜 이러냐. 밤. 축구를 보다. 한국 대 터키. 선생님 취
침. 그와 그와 그는 편의점으로 가 맥주와 안주와 사발라
면을 사다. 정라진의 편의점 소녀. 눈이 내리기 시작하
다. 파도 소리 근사하다. 그와 그는 취침. 그는 축구 경기
를 마저 관전하다. 방이 너무 뜨거웠다. 파도 소리를 들
으며 잠들다. 다음 날. 창문을 여니 눈발이 방 안으로 들
어왔다. 파도는 도로를 삼킬 듯하였다. 언젠가 그가 꿈에
서 본 풍경이다. 그들은 식당으로 내려가 곰치국과 전복
죽을 먹다. 다시 오겠다는 말을 남기고 숙소를 떠나다.
떠나기 전에 다시 바다를 보다. 사진. 멋진 바다. 대금굴
로 향하다. 대금굴. 대금굴 직전의 전나무 숲. 끝내 그의
기억에 남았던. 대금굴로 진입하는 모노레일. 안내원. 석
회암. 폭포. 못. 종유석. 석순. 모노레일. 사진. 전나무
숲. 백숙. 백숙에 막걸리. 좀 모자라겠구나. 아니에요. 어
린 개. 하얀. 사람을 좋아하는. 어린 개. 하얀. 백숙. 맛있
는 백숙. 삼척 시내. 그는 백암으로 그와 그와 그는 서울

로. 파도. 파도. 파도. 파도. 포말. 포말. 포말. 포말. 서울
강남고속터미널. 차가운 바람. 그와 그는 지하철로 그는
버스로. 다음 날. 삼척. 기록적인 폭설.

그는 슬픔으로 돌아간다
침대로 돌아가듯

뿌리는 검고
줄기는 푸르고
꽃은 붉고

분홍 꽃이 피었네
내가 모르는
내가 아는
한 줄 더 쓰고 싶은
분홍

李生, 窺墻
—귀신論

김종호 · 소설가

선생님 잡수세요.

왜 이러냐.

—「삼척」중에서

이생(李生)이 엿보는 것은 담 안쪽일까 담 너머일까. 아니면 문 안쪽일까 문 바깥일까. 없는 문을 드나드는 것은 이생일까 이생이 엿봤던 그것이거나 그, 그 사람, 너, 우리라고 불리는 이생 그 자신일까. 「이생규장전(李生窺墻傳)」에서의 이생은 분명히 담 너머로 귀신을 보았다. 그로부터 이야기가 시작된다. 그러나 지금, 우리의 이생은 비상 층계참에서 담배를 피우며, 비록 담은 없지만 담 너머를, 문은 없지만 문을 밀고, 옛것을 향유하지만 가장 현대적인 방식으로 엿본다. 그리고 이야기는 시작도 끝도 없이 끊임없이 반복되고 중얼거린다. 다시 말해서 이제 이생이 바로 귀신 그 자신으로 불린다 한들 틀릴 이유가 없는 것이다.

그러나 귀신으로 불리고 귀신으로 부른다 하여 귀신이
무엇인지를 말할 수 있는 것은 아니다. 그저 짐작할 수 있
을 뿐인데, 그것은 귀신이 앎의 영역에 있지 않기 때문이
다. 저거 귀신이다, 라고 말하면 그만인 것이다. 알 수 없
으니 또한 존재의 포충망에도 잡히지 않는다. 그렇다고
비존재라고 말하기에는 그것의 흔적이 너무 역력하다. 예
를 들어 그것은 태극당에서 아버지와 장인을 위해 빵을
사기도 한다. 약현성당이라는 이름이 아름답다는 것도 알
고, 사직단이라는 이름에는 품위가 있다는 것도 안다. 누
군가를 기다리고 누군가를 부른다. 이런 정황만 놓고 본
다면 그게 무언지 말할 수 있을 것만 같기는 하지만, 그건
말할 수 있을 것만 같은 '어떤 충동'에 불과하다.
　사실 귀신에게 귀신이라는 이름을 붙여준다는 것은 그
것을 붙잡고자 하는 충동일 뿐이다. 마찬가지로 주변의
동물들, 식물들, 사물들을 소환하고 이름을 불러주는 것
또한 그것들을 붙잡음으로써 — 배치agencement함으로
써, 자신의 존재를 확증하고자 하는 욕망에 다름 아니다.
그러나 비상 층계참을 중심으로 주위의 사물들을 끊임없
이 묘사하고 배치하면서도 정작 그 자신을 표현하는 데는
실패한다. 그래서 이번에는 다른 이름들을 나열한다. 서
울역, 염천교, 염리동, 종로학원, 김정호의 집, 약현성당,

약현성당의 성모상, 중림동, 이승훈……. 이런 구체적인 이름들을 곳곳에 배치할 때마다, (만약 존재라면) 그것은 더 구체화되고 마침내 이름을 부여받게 될 것이다. 이름은 이러한 이름들과의 관계 그 자체이기 때문이다. 그러나 이번에도 다시 실패한다. 귀신이 참새, 남천, 딱새, 테니스공, 에그 타르트와 무게가 같다고 해서 귀신을 참새, 남천, 딱새, 테니스공, 에그 타르트로 부를 수도 없다. 귀신의 무게는 모든 것의 무게와 같으니 결국 모든 것과 구별할 수 없다. 그것은 이 모든 실패들을 실패하기 위해서만 존재하지만 존재는 아니다. 어떤 이름도 그 자신의 육체를 구축하는 데 실패할 것이다. 와해되는 육체를 무한 반복하면서 (재)구축하는 것. 그리하여 이름을 부여받지 못한 그, 우리, 이, 너, 그것은 결국 '자아'의 다른 이름이라는 결론에 다다르게 된다. 귀신이 자아라고? 귀신에게 자아가 있는가? 이 물음에도 답할 수 있는 것은 자아가 언제나 역설의 산물이기 때문이다. 자아는 존재하지만 존재가 아니며, 위치이거나 장소일 뿐인—무의식의 아주 작은 변방을 차지하고 있는 '지리적 영역'을 가리킨다. 따라서 자아를 대상으로 취급하는 방식으로는 자아를 규명하는 것은 불가능하다. 자아는 어떤 정신적 등가물의 소산이 아니라 그것의 우연한 흐름이거나 운동이기 때문이다.

무의식은 무한이다. 그에 비해 자아가 차지하고 있는

자리는 너무나 왜소하다. 그러나 이 작은 자리가 무엇보다 중요한 것은, 그것이 우리에겐 '전부'이기 때문이다. 때로 이 작은/전부를 세계로 착각하는 경우가 있기는 하다. 그럴 때 자아는 한없이 고양된다. 그러나 곧 고양된 감정은 순식간에 사라지고 불안과 우울이 그 자리를 차지한다. 세계는 공원만큼의 무한을 가지고 있을 뿐이다. 동시에 그러한 착각이 '어이없게도 문학'이라는 사실도 깨닫는다. 이러한 깨달음은 그 자신 역시 어이없게 존재한다는 것을 의미한다.

우리의 자아는 매우 엄격한 주인 셋을 섬겨야 한다고 프로이트는 말한다.• 외부 세계와 초자아, 이드가 그것인데, 이들의 충동과 옥죄임과 거부가 자아에게 불안을 촉발시킨다. 외부 세계에 대한 실재적 불안, 초자아에 대한 양심의 불안, 이드 안에 있는 억누를 수 없는 열정에 대한 신경증적 불안. 이생에게서도 예외 없이 이러한 불안들을 발견할 수 있으며, 또한 그것이 처음 시를 쓰게 하는 원동력이었겠지만, 그것이 전부일 수는 없다. 귀신이 불안해한다는 말은 들은 적이 없기 때문이다. 처음 문을 열고 들어선 곳에 불안이 있었다면, 그는 이미 문을 닫고 문을 지우고 없는 문을 나와 비상 층계참 위에서 보고 있다. 무엇을? 아마도 너를, 모든 것을. 그러니까 귀신이 슬프고 외

• 지그문트 프로이트, 『새로운 정신분석 강의』, 열린책들, 1997, 112~113쪽.

롭다고 말한다 해서 함부로 위로하려 해서는 안 된다. 그건 귀신이 당신을 홀리려 하기 때문이고, 전염시키려 하기 때문이고, 같이 스러지려 하기 때문이다.

귀신이 당신을 홀리는 방식은 간단하다. 먼저 보는 방식으로. 아마도 아무 말 없이 빤히 바라보는 귀신만큼 무서운 것은 없을 테다. 그러니까 '귀신이 본다'. 여기서부터 시작해야 한다. 언급했듯이 귀신인 이생은 끊임없이 본다. 비상 층계참에서. 집 주위의 돌담과 놀이터, 쇠울, 초소, 철문을 보고 한쪽 보도를 차지하고 앉아 있는 승합차 운전자들을 본다. 운전자들이 하릴없이 화투를 치고 동전 던지기를 하는 것을 보고, 아이들을 보고, 산책로의 식물들을 본다. 성수동, 서울숲, 중랑천, 살곶이다리, 옥수동과 금호동과 남산까지. 다만 강을 볼 수 없다는 말을 하기 위해, 보고 또 보는 것이다. 강은 흐르고, 강에는 추억이 많다. 강 위에 떠 있는 물새를 보고, 텅 빈 강변의 축구장을 보지만 '강을 본다'라는 말은 하지 않는다. 강은 무한이기 때문이다. 물론 귀신이 본다는 말에는, 귀신이 보는 주위의 사물들, 우리와 무관한 사람들, 옛것들에 한정되는 것은 아니다. 귀신이 본다는 말에는 '나를 보라!'는 또 다른 말이 함축되어 있다. 만약 귀신이 앞에서, 뒤에서, 틈에서 당신을 보고 있다면 당신에게 무언가를 말하고 싶기 때문이다. 나를 보라고, 그리고 내 얘기를 들으라고. 그러나 우리의 이생에게서 들을 수 있는 것은 원한 섞인 목소리가 아니다. 이 귀신은 처음부터 죽은 적도 없거니와 무언가에 원한을 가질 만큼 어리석지 않다. 그래서 그가 하고 싶은 말이 무엇이란 말인가? 귀신은 이렇게 말한다. '말을 아끼지 않는 자는 말을 싫어하는 자이다. 그러나 그는 그 말에 기대어 존재한다.' 귀신은 언제나 그 자신이 어떻게 존재가 될 수 있을까만을 생각한다. 그의 말도 이 생각과 다르지 않다.

한편 보는 방식이 전부는 아니다. 다음은 '귀신이 부른다'. 귀신은 당신의 이름을 부르며 같이 스러지려 할 것이다. 깊은 곳으로. 볼 수 없거나 보이지 않는 것은 도감을 참조해서라도 부른다. 직박구리, 황조롱이, 곤줄박이, 어치, 딱새……. 귀신이나 도깨비는 친구 사귀기를 좋아하고, 친구를 사귀는 데 아무런 사심도 없다. 그러나 사람들은 사심 없는 것들에게 다가가는 것이 제일 불편하다. 친구가 된 사람들은 점점 귀신이나 도깨비를 닮아간다는 것을, 어느 날 물가에 비친 자신의 얼굴을 보고 알게 된다. 그걸 깨닫고 나서부터 사람들은 닭이나 말의 피를 뿌리고 마늘을 걸어놓아 귀신을 쫓으려고 한다. 어수룩한 도깨비를 속여 돈벼락을 맞기도 하지만 그건 논외로 치고. 귀신은 친구 사귀기를 좋아하지만 언제나 외로우니 혼자서 누군가를 호명한다. 그러니까 귀신이 부른다. 이인성을. 정영문을. 박지혜를. 이두성을. 김종호를. 최하연을. 이제니를. 김태용을. 허남준을. 강성은을. 한유주를. 정용준을. 그의 이름을 불렀을 때 그는 내게로 와 꽃이 되는 대신, 귀신인 이생은 이들의 이름을 부르며 같이 스러지자고 말한다. 그건 우울을 불러내는 충동에 다름 아니다. 그러나 그가 부르는 이름의 주인들은 이생의 부름에 가장 크게 저항할 이름들이며, 아마도 그 부름에 응하지 않을 것이다. 응하지 않을 뿐만 아니라 귀신을, 어리석은 자를 더 망치려 들 것이다. 그러니 귀신은 두 번 외롭다.

귀신은 자아와 마찬가지로 우연한 흐름이거나 운동이다. 귀(鬼)가 하강하는 기운이라면 신(神)은 상승하는 기운이다. 이 기운을 합쳐 귀신이라 한다. 혼(魂)이 만질 수 없는 기운에 가깝다면 백(魄)은 송장이라고 보면 맞다. 그래서 혼은 날아가고 백은 흩어진다[魂飛魄散]. 존재하지만 존재는 아닌 '이것은' 섬도 느낌표도 배들도 꽃잎도……, 아닐 것이다. 백수광부처럼 늙거나 미치지는 않았으니 이 귀신은 미치거나 늙고 싶은 검은 머리 귀신, 흑백(黑魄)이라 하는 것이 옳겠다. 그가 시인이기 때문에 귀신이라 부르지만 어쨌거나 그는 술을 마시면 취하고 딱한 잔만을 외친 다음 날엔 어김없이 우울해서 죽고 싶은 육체를 가진 사람이지 않은가? 그럼에도 그의 자아는 이 몸을 원하지 않는다. 그는 다만 육체에 붙들린 시인이고 귀신일 뿐이니까.

이 귀신의, 어떤 의미에서는 장광설에 가까운 시들을 어떻게 해석해야 할까? 이 반복들을. 차이들은 반복된다고 말한들, 그 차이가 무엇이고 반복되는 단어와 글귀들이 어떤 의미인지 알 수 있는 길은 없다. 여러 가지 전거들로 아귀를 맞춘다 한들 그 아귀들에서 이탈되는 무언가는 항상 존재한다. 의미는 탈구되고 형식은 단순해지며 남는 것은 표현뿐이다. 그는 의심한다. 그러나 의심한다고 해서 그 자신이 존재한다고 말할 수는 없다. 어쩌면 이 귀신은 단 한 문장만을 무한 반복하고 있는지도 모르겠다. 이를테면, "바라보니 즐겁고, 부르면 온다. 그러나 우울하군."

(······) 아이슬란드는 아이슬란드. 나는 거기서 부정과 긍정의 불가능성을 배우지 않았다. 아이슬란드는 아이슬란드. 그곳은 생각보다 춥지 않았지만 덥지도 않았다. 하지만 아이슬란드는 아이슬란드. 우리는 아무도 아이슬란드에 아이슬란드를 그리워하며 가지 않았다. 아무도 없었고 아무것도 없었다. 아이슬란드는 아이슬란드. 동물원에 가서 티본스테이크를 먹지 않았다. (······)
　　　　　　　　　—「문」 부분(『토마토가 익어가는 계절』, 문학과지성사, 2010)

근본적으로 시는 해석의 대상이 아니다. 시를 어떤 의미로 환원한다면, 아이슬란드는 무엇이며, 무엇을 의미한다고 말할 수 있어야 하지만, 여전히 '아이슬란드는 아이슬란드'일 뿐이다. 이 언술이 시인의 언어를 거쳐 또 다른 시인의 입에서 나직하게 흘러나올 때 '아이슬란드는 아이슬란드'가 왜 아름다운지를 이해할 수는 없지만 감각하게 된다. 그것은 없는 문을 밀고 들어서는 일과 같다. 대체 누가 언어를 보았단 말인가? 누가 귀신을 보았다고 말할 수 있을까? 누가 귀신을, 언니들을, 세이렌의 목소리를 들었다고 감히 말할 수 있을까? 반대로 그 목소리가 존재하지 않는다고는 역시, 아무도 말할 수 없을 것이다. 그렇기 때문에 '존재하지만 존재는 아닌 것의 역설'이 시인이라는 점은 명백하다. 의심과 사유와 존재의 사슬이 헐거워지는 지점에 바로 귀신이 있다.

이전부터 있었던 귀(鬼)와 신(神)을 한데 묶어, 귀신(鬼神)이라고 명명한 것은 공자(孔子)에 의해서다. 귀와 신이 있었다는 것은 그것이 자연의 일부이거나 자연 그 자체였다는 것을 의미한다. 그러나 귀신이 되는 순간 그것은 제사의 대상이 되었고, 그것을 다시 주자(朱子)가 귀신론이라는 이름으로 논쟁을 촉발시켰다. 이미 귀신은 대상화되었고, 자연은 더 이상 '스스로 그러할' 까닭이 없어졌다. 그런 자연을 향유한 적이 없기 때문이다. 아니, 반대로 아스팔트, 횡단보도, 산책로, 공원과 같은 다른 자연을 알고 있다. 이름을 부르고 이름을 붙이는 것이 이미 존재의 포충망을 배에 싣고 (자아를) 채집하러 떠나는 행위다. 자연이 인공물로 전환되는 지점에 존재, 자아, 귀신이 서 있는 셈이다. 그러므로 귀신론을 서양의 언어로 번역하면 존재론이 된다. 그러나 그것이 아무리 사실이라 할지라도 여전히 귀신은 존재로 환원되지 못한다. 어떤 잔여가 있기 때문이다.

그 잔여물을 우리는 '시'라고 부른다.

우리가 향유하는 것은 이 잔여물이지 존재로서의 귀신/자아가 아니다. 비록 이 잔여물을 통해 귀신의 대체적인 윤곽을 그릴 수 있을지는 몰라도 귀신을 내 앞에 불러낼 수는 없다. 귀를 막으면 세이렌의 노래를 들을 수 없고 눈을 가리면 볼 수 없다. 귀를 열고 눈을 떴을 때는 몸을 스스로 묶어 다가가려 하지 않는 대신 노래만을 듣는다. 귀신에게는 단 두 종류의 사람밖에 없다. 그를 보려하지 않는 사람과 그에게 다가가려 하지 않는 사람. 후자는 그의 시만을 보려 하는 사람이다. 그는 이 잔여물을 통해 구성되지만 이 잔여물로 인해 알 수 없는 존재로 남는다. 귀신이 존재라고 말할 수 있는 유일한 지점이 바로 이곳이다. 그러나 모든 귀신이 그렇듯 바람이 불면 사라진다. 잿밥을 먹은 뒤엔 무덤으로 돌아가야 한다.

귀신이 틈을 통해 엿보는 것과 같이 틈이란 것은 이것도 저것도 아닌 문턱과 같은 장소. 이생의 말대로 시인은 조금은 멍청하고 아직은 미치지 않은 존재인 것처럼 그가 머무는 장소 역시 이곳도 저곳도 아니다. 비상 층계참 화분에는 고구마가 무성하게 자라고 까마중이 자란다.

고구마는 무성한 걸 넘어 무한하게 자랄 것이다. 까마중은 심지도 않았는데 틈으로 날아와 틈에서 자라나듯 틈에 뿌리를 내린다. 담배를 피운다. 담배는 가볍게 날아가고 흩어진다. 가끔 강으로 나가 산책을 하고 가끔 오랫동안 걷고 가끔 셋, 넷, 다섯을 만나지만 그가 돌아오는 곳은 결국 비상 층계참이다. 문을 열고 문을 닫고 문을 지우고 의자에 앉아 책상에 책을 셋, 넷, 다섯 권을 놓고 번갈아 보다가, 멸치국수를 삶아 먹고 축구를 생각하고 설거지를 하고 잔반을 버린 뒤에 저녁에는 가끔 술을 마시고 다시 아침에는 매번 우울해지거나 지나치게 분명하고 명징해지는 것. 내일은 축구를 할 것이고 내일은 술을 마실 것이고 내일은 우울할 것이고 딱딱한 안주는 씹지 못하니 생굴을 안주 삼아 낮술을 마시다 보면 밤이 올 것이고……

그대는 슬픔으로 돌아간다
침대로 돌아가듯

뿌리는 검고
줄기는 푸르고
꽃은 붉고

— 166쪽, 제목 없는 시

뿌리와 줄기와 꽃이 식물이라면, 검고 푸르고 붉은 것

은 귀신의 색이다. 그러니까 이 짧은 시에는 식물과 귀신이 절묘하게 섞여 있다. 검고 긴 머리, 푸른 살갗, 붉은 피를 상상하면 쉽다. 이런 귀신들은 대체적으로 원한을 가진 것들이니, 그 원한이 풀리면 한 송이 꽃으로 피어난다는 얘기도 우리는 많이 듣고 자랐다. 이 시에 제목을 붙인다면 '귀신'이라고 하면 틀리지 않을 것 같다. 무게 없는, 없는 손을, 귀신의 손을 잡고 어디 소풍이라도 가고 싶은 이생은, 또는 귀신을 앞에 앉히고 섞이고 싶은 너인 이생은, 그 자신이 귀신이라는 사실을 너무 일찍부터 알고 있다. 그러니 귀신에겐 손이 없다고 말할 수 있는 것이다. 그의 앞에 앉힌/앉은 것이 그 자신이라는 것도 알고 있다. 그의 관심은 오로지 자기 자신밖에 없다. 확실한 건 언제나 자기 자신이니까. A는 A일 뿐이니까. 귀신은 귀신일 뿐이고, 아이슬란드는 아이슬란드니까. 그러나 귀신의 확신은 귀신만이 알아볼 뿐이다.

무의식은 무한이라고 말했다. 자아가 무의식의 한 귀퉁이를 차지하고 있다면, 그 자아 역시 무의식일 것이고, 그 자아 역시 무한일 것이다. 어떤 것은 무한하게 작아질 것이고 어떤 것은 무한하게 늘어난다. 그렇다면 '무한은 무엇인가?' 이런 질문으로는 무한을 알 수 있을 것 같지는 않다. 반대로 이렇게 물어야 한다. '무엇이 무한인가?' 이 무엇의 양태는 귀신이 호명하는 이름들과 함께 한다.

무한은 먼저 '개로 시작한다'.

개로 시작한다. (…) 개는 흐른다. 이 개는 흐른다. 무한한
무한처럼. 이 개는 흘러 무한으로 진입한다. (…) 이 개는 흐
르는 개이고, 죽음을 옆에 달고 다니는 개다. 이 개는 유령이
고, 이 개는 귀신이며, 이 개는 식은 개이다. (…) 이 개는 단
어를 고르고 배치하는 것이 귀찮아지고 있는 이 개다. 아름다
운 개들이 지나가는 것을 보고 몇 번 짖었다. 아름다운 개들
은 이 개를 개로 인지하지 못한다. (…) 흐르는 개다. 동어반복
된 개다. 이 개는 개다. 흐르는, 떠, 흐르는, 떠흐르는. 흐르는.
흘리는, 이 개는 담배를 피운다. 흐르던 개. 개로 시작했다.

—「개」부분

한유주에게 — 무한이 죽음이고 무한으로 들어선 것은
유령이고, 귀신이고, 식은 개라고 했다. 그러나 이것이 거
짓말이라는 건 자명하다. 단지 무한한 무한의 뒤에 죽음,
유령, 귀신과 같은 단어를 배치했을 뿐이고, 곧 귀찮아진
이 개는 개를 알아보지 못하는 아름다운 개(새끼들)를 향
해 짖고, 그것도 귀찮아지면, 비상 층계참에 올라가 담배
를 피우고 잠을 잘 것이다. 이 개는 개다. 아이슬란드는
아이슬란드다. 이 자명함 앞에서 무한은 무한하게 반복한
다. 개로 시작하고 개로 시작했을 뿐 끝나지 않을, 무한.
김종호에게 — 비상 층계참에서 담배를 피우던 개는 누군

가 지지대를 세워 토마토를 기르는 광경을 본다. 토마토가 익어가는 계절. 토마토가 끊임없이 익어가는 계절. 그러니까 그것도 무한이다. 구름이 낮게 낀 흐린 날 이번에는 누군가 낫질을 한다. 사각사각. 그 소리는 어떤 소리와도 닮지 않았다. 그 소리가 과거의 기억을 끄집어낸다. 그러나 기억은 늘 정확하지 않다. 낫을 사서 주머니에 꽂고 소주를 마신 소설가는, 사실 그날 낫이 아니라 도끼를 샀으니까. 그렇지만 그건 낫질 소리에 의해 묻혀진다. 이 낫질 소리도 무한이다. **이제니에게**―공원, 벤치, 노파, 소년, 손수건, 사과, 사과의 흠집, 파리……. 나열할 수 있는 것은 무한하다. 나열하고 다시 반복하고 시선을 돌려도 무한은 무한이다. 낫질 소리처럼 공원도 무한과 닮았다. 무한은 모든 것과 닮았고, 모든 것과 무게가 같다. 귀신은 알 수 없으므로 무한하며, 세계 역시 알 수 없는 것들로 이뤄졌으니 무한이다. **정용준에게**―귀신은 걸어간다. 무언가를 들고, 무언가를 바라보면서. 봉투, 낚싯대, 물통, 나침반, 포충망, 개, 주전자, 황조롱이, 메기, 광대, 촛불, 변기, 책, 직박구리, 한숨, 틀니, 아령, 요강, 솥, 담배, 커피, 아이스크림, 꽃다발, 추억, 상상, 후회, 처참, 실험, 울음, 웃음……. 이것들을 모두 들고 걸어가는, 그의 손은 무한이다. **강성은에게**―고래에서 고대로, 고래를 잡는 트롤선에서 트롤리, 트롬빈, 트로츠키를 거쳐 가재, 가제, 가위, 가상디, 가물치를 거치고 양아치, 누르하치,

김치, 하치, 쥐치, 복, 황복, 참복, 참나무······. 단어와 단어는 환유와 인접성이라는 방식으로 무한하게 늘어난다. **허남준에게**ー세 개의 그림은 무수하거나 영원하거나 무궁한 산이다. 그 옆에는 귀신이 무수히 드나들었을 문이 있다. 약간의 상상력을 발휘해 뒤집힌 문을 열고 곰이 성큼성큼 들어와 무수하거나 영원하거나 무궁한 산속으로 들어갈지도 모른다. **박지혜에게**ー이런 방식이라면 고양이와 양을 나란히 놓는다고 해서 이상할 것은 없다. 양 한 마리, 양 두 마리, 양 세 마리······, 한 꼬마 인디언, 두 꼬마 인디언······, 열 꼬마 인디언, 아홉, 일곱, 여섯, 열두 마리 고양이가 놀이터에 있고 놀이터에 없다. 놀이터는 있고 놀이터는 사라진다. 벚꽃이 필 것이고, 사랑한다. 무한하게. **김태용에게**ー세계가 흑과 백으로 나뉜다면 이런 방식일 것이다. '그렇기도 하고 아닐 수도 있다.' '그럴지도 모른다.' '무엇은 봤어도 무엇은 처음 봤다.' '무엇이기도 하지만 무엇이기도 하다.' 그러니까 흑과 백으로 세계를 나눈다고 해서 흑과 백의 세계가 명확하게 둘로 나뉘지는 않는다. 그럴 수도 있고 아닐 수도 있다. 흑과 백은 무수히 많은 흑과 백이다. **최하연에게**ー마량항 앞의 까막섬에 있는 식물은 다음과 같다. 후박나무, 상수리나무, 굴참나무, 팽나무, 꾸지뽕나무, 초피나무, 개산초, 찔레나무, 검양옻나무, 예덕나무, 푸조나무, 소나무, 배풍등, 노박덩굴, 계요등, 청가시덩굴, 청미래덩굴, 담쟁이덩굴, 개머루, 댕댕이덩굴, 인동덩굴, 갯개미취, 갯능쟁이, 나문재, 갯메꽃, 갯질경이, 모새달, 민땅비싸리, 풀싸리, 맥문아재비, 콩짜개덩굴……. 무한하게 나열되는 이 식물의 이름들은 너와 나와 우리가 함께 서 있었던 마량항이라는 이름 안으로 수렴될 것이다. **이두성에게** — 하나, 둘, 셋, 넷은 더 이상 숫자가 아니다. 각각이 하나의 너다. 이름을 호명하는 것이 무의미해지기 시작한다. 모두들 숫자 안으로 몸을 숨긴다. 하나와 둘과 셋과 넷이 만나 언덕을 오르고 계단을 내려가고 넷과 셋과 둘과 하나가 헤어진다. **정영문에게** — 그것은 산행 역시 마찬가지다. 하나에서 다섯까지, 그것이 우리가 되지만, 우리 역시 우리 모두를 가리키지 않는다. 하나, 둘, 셋, 넷, 다섯과 마찬가지로 우리 역시 보이지 않는 너/나이다. 시인 셋 소설가 둘. 그리고 '우리'라는 귀신이 하나 동행한다. 그래서 알 수 없는 세계는 언제나 무한을 무한하게 반복한다, 의미 없이.

이제 모든 시는 「삼척」이라는 한 편의 시를 향해 수렴된다.

그는 주차장으로 마치 안회가 공자에게 접근하듯이 접근하여 수레 안에 앉은 그에게 인사한다.

— 「삼척」 부분

공자가 안회(顔回)를 불러줬으니 안회는 예를 다하여 공자를 모신다. 귀신이 마지막으로 호명하는 사람이 이인성이라면 그것은 예를 다하기 위함이다. 이인성이 먼저 귀신을 불러줬기 때문이다. 그가 타인에게 예를 다한다면 그건 타인이 그를 알아주기 때문이다. 귀신이 본다고 했고, 귀신이 부른다고 했다. 그러나 귀신을 보고 불러주지 않는다면, 귀신은 보지도 부르지도 않을 것이다. 귀신의 관심은 오로지 자기 자신에게만 있으며, 자기 자신만큼 명징한 것을 알지 못하기 때문이다.

그는 선글라스를 손에 잡은 후 얼굴로 가져가 쓴다. 그도 선글라스를 가져와야 했다. 그가 담배를 피울 때마다 그도 담배를 피운다.

—「삼척」 부분

착한 학생처럼 선생의 행동을 따라한다. 그러니 선생의 행동은 올발라야 한다. 올바르게 술과 담배를, 우울과 불안을. 귀신은 배운다. 배우고 따라한다. 이럴 때 귀신은 조금 명청하다. 어떤 아침에 그랬던 것처럼. 시인은 조금 명청하고 아직 미치지 않았다고 말하는 이유가 여기에 있다.

그들은 술을 마신다. 도다리회. 대게로 게장을 담았다. 그가 좋아하다. 그가 좋아하다. 그가 좋아하다. 그가 특히 좋아하다. 선생님 잡수세요. 왜 이러냐.

―「삼척」 부분

이준규의 이번 시집에 어떤 큰 의미를 부여할 필요는
없다. 이 책은 그가 호명하는 이름들에게 바치는 책이기
때문이다. 도다리회와 게장을―그리고 시(詩)를―좋아
하는 선생님에게 잡수세요, 라며 드리는 것이다. 귀신은
앞으로도 그의 앞에 있는 명징한 것들을 보고 또 보고, 부
르고 또 부를 것이다. 이름을 불러주니 귀가 즐거워한다.
그가 불러주는 이름 중에는 내 이름도 있으니 나 또한 즐
겁다. 有朋自遠方來不亦樂乎. 멀리서 벗이 찾아오니 즐겁
지 아니한가. 그러나 내가 멀리 있기 때문에 좋은 것이다.
너무 가까이 있으면 좋은지도 모르는 법. 어쨌든, 귀신과
벗이 되고 귀신을 좋아하게 되면 그 역시 귀신이 될 운명
이니 조심해야 한다.

문예중앙시선 009

삼척

초판 1쇄 발행 | 2011년 9월 26일
초판 3쇄 발행 | 2015년 1월 26일

지은이 　| 이준규
발행인 　| 노재현
책임편집 | 박성근
마케팅 　| 김동현, 김용호, 이진규

디자인 　| 오필민디자인

발행처 　| 중앙북스(주)
등록 　　| 2007년 2월 13일 (제2-4561호)
주소 　　| (100-814) 서울시 중구 서소문로 100(서소문동, J빌딩 3층)
구입문의 | 1588-0950
홈페이지 | www.joongangbooks.co.kr / www.facebook.com/hellojbooks

ISBN 978-89-278-0260-0 03810